JN258902

4番目の許婚候補　番外編

目次

受け継がれていくもの

——ベッドに裸でうつぶせになった私の身体に、彰人さんの裸体が重なっている。

いつものように身体を重ねた後、明日のためにもう寝たいと訴える私に、彰人さんがこう言った。

『まなみは何もせず、ただ寝ていればいい。後は俺がやるから』

そうしてうつぶせに寝かされ、後ろから挿入されたのだ。

確かに私はただ寝てるだけでいいし、この体勢だといつもより挿入は浅い上に、激しく突き上げられることもない。

けれど、感じてしまうことには変わりなく、おまけに彰人さんが唇と舌を使って背中を愛撫してくるからたまらない。

だから、そこ、弱いんだってば……！

私はシーツをぎゅっと掴みながら、背中を弓なりに反らして嬌声をあげた。

「あ、ああっ……！」

その拍子に、うなじに彰人さんの唇が触れ、私の身体がわななく。

こうなるともう、大人しく寝ているなんて無理だった。だって、彰人さんが腰を押しつけてくるたびに、背中の敏感な場所にキスするたびに、私の身体はビクビクと震え、無意識に動いてしまう。

もっと奥深くにある感じる所に、彰人さんを導きたくなってしまう。

……きっと彼は最初からそれをたくらんでいたのだろう。本当に酷い人だ。

「まなみ……」

掠れた声が降ってくる。その色気のある艶やかな声にも私は反応してしまう。

私の中でこのまま達したい気持ちと、眠りたい気持ちがせめぎ合っていた。

「おね、がい。寝かせて……ぁあ、はぁ、ん、ぁ」

「だめだよ、最後まで付き合って。そうしたら寝かせてあげるから」

「いや、お願い、寝かせて……」

ぐずぐずと泣き言を言いながらも、私の腰の動きは止まらない。

眠いのに。寝たくて寝たくてたまらないのに――

「まなみ……」

「……う、ん……おねが、い……」

「まなみ、起きて」

「や……寝かせて……」

だって、私は寝たままでいいんでしょう？

「まなみ」

「……」

「まなみ！」

――彰人さんの声が大きくなり、目の前が急に明るくなった。

「ぐっすり眠っているところ悪いけど、そろそろ起きた方がいい」

少し冷たい指で頬を撫でられ、私の意識はまどろみの中から浮上する。

「ん……」

ぼんやりと薄目を開けたはいいけれど、やけに眩しくて、私――上条まなみはゴロンと寝返りをうつ。その背中にまた声をかけられた。

「まなみ、起きなさい」

まだまだ眠かった私は、その声を意識の外に押しやる。けれど、いわゆる防衛本能というやつだろうか。次にかけられた言葉は、なぜかそれまでの言葉よりしっかりと耳に届く。

「起きないと手加減なしで襲うよ？」

その言葉の意味を脳が理解する前に、私はくわっと目を開けた。そして慌てて上半身を起こしながら言う。

「たった今起きました……！」

目の前で私の恋人兼婚約者——佐伯彰人さんが、にっこりと笑みを浮かべていた。

「そう。おはよう、まなみ」

「お、おはようございます。か……彰人さん」

とっさに課長と言いかけた私は、慌てて取り繕う。彰人さんはもちろんそれに気付いて眉を上げてみせたけど、どうやらお咎めはないようだ。

「ギリギリセーフといったところかな。まぁ、今日は時間があまりないからね」

「時間……」

私はハッとして、ヘッドボードに置いてある目覚まし時計を確認する。

「ヤバイ。もうこんな時間……！」

デジタルの表示時刻を目にして仰天した私は、慌ててベッドから出て、きちんと折りたたんだ状態で置いてある自分の服のもとへ急いだ。

「実家に泊まる時は、日曜日の朝はいつもゆっくり起きてたから！　あああ、彰人さんも、もうちょっと早く起こしてくれればいいのに！」

私は素早く服を着ながら、ぶつぶつ文句を言う。すると彰人さんは目を細めて笑った。

「いや、気持ちよさそうに寝ていたから、ギリギリまで寝かせてあげようかなと思って」

「それはありがたいですけど、今日だけは遠慮なくたたき起こしてくれてよかったのにって思います！」

私は服を着終えると、バッグを手に彰人さんを振り返った。彰人さんは藍色のサマースーツに身を包んで、いつでも出かけられる姿になっている。

「私、自分の部屋に戻って急いで仕度してきますね。ちょっと待っててください、彰人さん」

「まだ時間はあるから焦ることはないよ。お祖母(ばあ)さんには昼過ぎに行くって言っただけで、何時までに行くと具体的に伝えたわけじゃないから」

「で、でも、早めにマンションを出て、どこかでお昼をゆっくり食べてから行くはずだったのに、もう正午近いですよ。今から仕度してご飯を食べたら、佐伯邸に着くのが遅くなっちゃいます」

私がそう言うと、彰人さんは優しく微笑んだ。

「大丈夫だよ。多少遅れても構わないさ」

「と、とにかく、急いで仕度してきますね！」

「慌てなくていいからね」

そんな言葉を背に、私は寝室を飛び出し玄関に向かった。

すぐにやってきたエレベーターに乗って、六階にある自分の部屋を目指しながら、ハァとため息をつく。

ちゃんと起きられなかった私が悪いんだけど、幸先(さいさき)が悪いというかなんというか……ううう。

実は今日、私と彰人さんは退院した美代子(みよこ)おばあちゃん――彰人さんのお祖母さんのお見舞いに行く予定なのだ。そのため、いつも日曜日には実家に帰省している私だけれど、今週末は彰人さんの部屋に泊まっていた。

昨日の土曜日は一日中彰人さんと二人で過ごし、そのまま彼の部屋に泊まった——のはいいけれど、彰人さんの寝室で寝て何もされないわけがない。例によって襲われてしまい、ぐったり疲れたまま眠りについたのが、運の尽きだった。

目覚ましはセットしておいたけど、ちゃんとその時間に起きられたのは彰人さんだけで、私はどうやらぐっすり眠り込んでしまっていたみたい。そのわりには夢見が悪かったような気がするけど。

こんなにバタバタじゃなくて、もっとゆっくり仕度したかった……

実は彰人さんと婚約してから佐伯邸を訪れるのは、これが初めてなのだ。もちろん過去には何度も訪れたし、去年だって縁談を白紙に戻すようお願いするためにお邪魔した。でも、それはあくまで眞子(まこ)お祖母ちゃんの孫としての訪問だ。

でも今回は違う。私は彰人さんの婚約者として佐伯邸に向かう。いわば、恋人の家族に結婚のご挨拶(あいさつ)をするためにお宅へ伺(うかが)うようなものなのだ。

だから、私はどうしても念入りに仕度して行きたかったのに……

「うまく行かないものだなぁ」

私は再びため息を漏らしながら、左手の薬指に嵌(は)まっている婚約指輪に視線を落とした。キラキラ輝く大きなダイヤモンドがついた、いかにも高そうな指輪だ。

……彰人さんに素性がバレてから三ヶ月も経つのに、まだちょっと信じられないでいたりする。

私が彰人さんと婚約したことを。舞ちゃんたち従姉妹を差し置いて自分が許婚になったことを。

今にも目が覚めて、全部夢だったなんてことになるんじゃないかって、実は少しだけ思っている。

婚約してからも色々あって、しんどい思いだってしたのに。

夜中、ふと真っ暗闇の中で目を覚まし、この幸せな思いも記憶も現実じゃないのかも……そう思ってしまうことが何度もあった。

未だに彰人さんを名前で呼ぶべき場面で、つい課長って呼んでしまうのも、そのせいなのかもしれない。

だって二年以上もの間、私は自分が四番目の許婚候補だと、彼との縁談は私には関係ない話だと、思い込んできたんだよ？

大学卒業間際に降って湧いた、三条家と佐伯家の縁談。その筆頭候補に挙げられていたのは従姉の舞ちゃんだ。私はいくら名門である三条家の血を引いてるといっても外孫だし、従姉妹たちと違ってお嬢様じゃない。だから、四番目の——最後の許婚候補だとばかり思っていたのだ。

それが就職してみたら、その会社に佐伯家の御曹司である彰人さんが素性を隠して勤めていて、上司と部下という間柄になってしまった。それだけじゃなくて、一緒に働いている間に少しずつ距離が縮まって、気付いたら恋人同士になっていた。

だけど私は自分が三条家の外孫で、彰人さんが嫌がっていた縁談のお相手候補だとは言い出せず、秘密を抱えたまま付き合っていたのだ。

ひょんなことから素性がバレて、親公認の許婚という間柄になった今もそれを信じきれないのは、どこか気後れしている部分があるからなのだろう。

何しろ相手は巨大企業を経営する佐伯家の御曹司。私だって佐伯家と肩を並べる名家、三条家の親戚だとはいえ、うちは一般家庭に過ぎないのだ。

……そのくせ、なまじ三条家や佐伯家が属しているハイソな世界に片足だけ突っ込んでいる状態だから、そこがどんなに大変な世界か知っている。

何も知らなければ、それこそ気軽に飛び込んでいけたかもしれないのに……

要するに、覚悟が足りなくて何もかも中途半端なのだ、私は。

「覚悟なんて……そう簡単にできれば苦労ないよねぇ」

ため息まじりにつぶやいていると、エレベーターが停まった。扉が開くと同時に、私は早足で部屋へ向かう。

とにかく、今は目の前のことだけを考えよう。どうせこればっかりは、すぐに解決できないと分かっている。そんなに簡単に解決できるようなことだったら、十年前、あんなに傷つかずに済んだのだから。

私は頭を切り替え、出かける仕度のことだけを考えるようにした。

急いで仕度を整え、お昼をファミレスで手早く済ませた私たちは、なんとか予定通りの時間に佐伯邸にたどり着くことができた。

「まぁ、まぁ、まなみちゃん、いらっしゃい！」

「こんにちは、美代子おばあちゃん」

守衛の人から連絡をもらったのだろう。玄関ホールに着くと、美代子おばあちゃんがそこで待っていてくれた。

「美代子おばあちゃん、具合はどう？」

私は美代子おばあちゃんを上から下まで眺めながら尋ねる。

大丈夫だからこそ退院できたのだと分かってはいるけど、つい心配してしまうのは、美代子おばあちゃんの容態が一時はすごく危なかったからだ。

手術予定日を迎える前に容態が悪化したため、緊急手術となってしまった。あの時は彰人さんと二人で万が一のことを覚悟したくらいだ。

幸いお医者さんの腕がよかったのか、手術は無事に成功した。手術の間、体力が持つかどうか不安だったけど、おばあちゃんは持ちこたえた。

『まなみちゃんと彰人さんの結婚式を見届けてからこっちに来いっていう、主人と眞子ちゃんからのお達しなのかもしれないわね』

手術後、集中治療室で目を覚ました美代子おばあちゃんは、駆けつけた私と彰人さんの顔を見てそう言った。

私は安堵のあまり泣き出し、彰人さんはそんな私を慰めるのに忙しくて、美代子おばあちゃんそっちのけになってしまったことは記憶に新しい。

あの後、美代子おばあちゃんは順調に回復し、今は自宅で療養している。

本当はもっと早くお見舞いに来たかったけど、会社が決算月ということもあって、私はともかく彰人さんがすごく忙しかったのだ。その忙しさが落ち着いた今週、ようやくお見舞いに来れたのである。

「術後の経過はいいし、リハビリも順調よ。まなみちゃんには心配かけたけど、もう大丈夫」

おばあちゃんはそう言った後、悪戯っぽく笑った。

「実はね、今お客様がいらしてるのよ」

「えっ？　じゃあ、私たちはお邪魔なんじゃ……」

何しろ彰人さんはおばあちゃんにとって身内なのだから、お客様の方を優先するのは当たり前だ。

「いいの、まなみちゃん。邪魔だなんてことは絶対にないから、ぜひ一緒に来てちょうだい」

美代子おばあちゃんがなんだかすごく楽しそうで、それでいて何かたくらんでいるような気もして、私と彰人さんは顔を見合わせる。

誰だろう？　思いつくのは三条家の誰かなんだけど……

美代子おばあちゃんの後について応接室に向かいながら、私はアレコレ予想していた。けれど、そこにいたのは予想外の人だった。

「あら、まなみじゃないの」

「すごい偶然だね」

私は言葉もなくその場に立ちつくし、それから叫んだ。

「お、お父さん⁉　お母さん⁉」

そう、そこにいたのは私の両親だったのだ……！

ソファに二人並んで座り、こちらを向いてにこにこ笑っている。

「え？　なんで？」

二人も今日お見舞いに来る予定だったなんて、私は聞いてない。まぁ、それを言ったら私の方だって何も言わなかったけど。

「まなみが今日はうちに来ないって言うから、ちょうど時間も空(あ)いていたし、お見舞いに行こうかって話になったの。まさか、まなみたちも来るとは思わなかったし」

「そ、そう……」

こんな偶然あるんだ……と思っていたら、彰人さんがふぅとため息をつきながら、美代子おばあちゃんに言った。

「お祖母(ばあ)さん。知っていて、わざとぶつけましたね？」

私は、あっと思った。私とお母さんたちがお互いの予定を知らなくても、当然、美代子おばあちゃんは知っていたわけで……。きっと、わざと私たちが来る時間帯を見計らって、お母さんたちに時間を指定したに違いない。

美代子おばあちゃんは、あっけらかんと笑った。

「だって彰人さんったら、まだ二人に挨拶もしてないって言うじゃない？　これは私が一肌脱がないとと思って！」

挨拶というのは、私の両親と彰人さんの顔合わせのことだろう。

でも、それは美代子おばあちゃんの手術のことがあってバタバタしていたし、その後は決算期に入って彰人さんだけじゃなくうちのお父さんも週末返上で仕事をしていたから、都合がつかなかっただけなのだ。

私はそう言おうとした。けれどその前に、お母さんが口を開く。

「それは私たちが、おばさまの手術のことが一段落してからにしましょうって言ったからなのよ。その後もうちの人の仕事が忙しくて都合がつかなかっただけ」

「そうですよ、美代子おばさん。彼のせいじゃありません」

お父さんも彰人さんをやんわりとフォローする。それでも美代子おばあちゃんは不満顔だった。

そんな美代子おばあちゃんに呆れたように、彰人さんは片眉を上げていた。そして、不意に一歩前に出て、お父さんたちに軽く頭を下げる。

「お久しぶりです。ご挨拶が遅れて申し訳ありません。今日はわざわざ祖母のお見舞いにお越しいただき、まことにありがとうございました」

顔を上げた彰人さんに、お父さんが親しみのこもった笑みを向ける。

「うん、久しぶりだね」

そう、お父さんと彰人さんは面識がある。私が実家から今のマンションに引っ越す時に、彰人さんが職場のみんなと一緒に手伝いに来てくれたからだ。その時、妙に和気あいあいと会話をしていた二人の姿は記憶に新しい。

たった半年前のことだけど、あれから色々あって……まさか彰人さんとこうして恋人同士になったり、婚約したりするとは夢にも思っていなかった。

「私のことは覚えているかしら、彰人君？」

お母さんが身を乗り出して、微笑みながら尋ねる。

「あなたが小さい頃に会ったきりだけど、お話ししたこともあるのよ？」

それを聞いて、彰人さんの顔に微笑が浮かんだ。

「もちろん覚えてますよ、お久しぶりです。確か……祖母に連れられて三条邸に行った時にお会いしましたよね？」

それを聞いて、お母さんは破顔した。

「まぁ、よく覚えているわね！　そうよ、その時に会ったの。ついでに言うと、あの時あなたが子守をしてくれたのは、うちの娘よ」

いきなり指を差されて私は面食らった。

「は？」

「やっぱりそうでしたか」

彰人さんの顔に苦笑が浮かぶ。

「そうじゃないかなとは思っていたんですが、何しろみんな似たような名前なので、あまり自信がなかったんですよ」

「は？」

彰人さんが何を言っているのかさっぱり分からない私は、みんなの顔を見回しながら首を捻る。

美代子おばあちゃんはにこにこ笑っているし、お父さんも笑みを浮かべているから、意味が分からないのは私だけのようだ。

「そうよね、みんな『ま』から始まる名前ですものね」

お母さんはクスクス笑った後、話が見えなくて一人顔をしかめている私にこう言った。

「あのね、彰人君がまだ小さい頃、おばさまに連れられて三条邸に来たことがあるの。その時に、あなたは彰人君と出会っているのよ」

「え？」

私と彰人さんが三条邸で出会っている……？

「もっとも、あなたがまだ赤ん坊の時の話だけど」

「赤ん坊……」

なるほど、それは覚えていないわけだ。

お母さんはその時のことを思い出したのか、またクスクス笑っている。

「おばさまやうちの母には、透君と彰人君を仲良くさせたいっていう思惑があったみたい。でも初対面の子どもを二人きりにしてもどうなのかってことで、まなみを連れてくるように言われたの。瀬尾のお姉さん夫婦のところの真綾ちゃんまで呼ばれて、小さい子たちの世話を透君と彰人君の二人に押し付けたのよ。そうしたら、きっと協力して面倒を見てくれると思って」

「そ、それは……」

従兄の透兄さんと彰人さんは似たような経歴を持ちながら、まるで水と油みたいな関係だ。お互いを認めているくせに、相手をよく思っていない。いくら小さかったからって、この二人が仲良くなれたとは思えなかった。

彰人さんが苦笑していることからしても、その結果は思わしくなかったに違いない。

案の定、お母さんはこう言った。

「まぁ、全然仲良くなれなかったんだけどね。でも、その時に彰人君が主に面倒を見てくれたのがあなたなのよ、まなみ。目を覚ましたあなたを、あやして寝かしつけてくれたの。今から思うと、あの時が初対面じゃないかしら?」

「……全然覚えてない」

初対面は十年前のパーティーの時だと思っていたけれど、本当はもっと前に出会っていたなんて。

「まなみはまだ小さかったからね」

そう言って、彰人さんが私の頭を撫でる。

覚えてないから現実味がないし、正直本当なの？　って感じだけど、私がこの話を聞いて少しホッとしたのは事実だ。

だって彰人さんとの初対面が、パーティーであのおばさんに泣かされた時だっていうのは、あまり嬉しくない。あの出来事は彰人さんとの大事な繋がりだし、共通の記憶だっていうのも確かだけど、あれが初対面じゃなければよかったのにって、ちょっと思っていたのだ。

「そっかぁ。もっと小さい時に出会っていたんですね、私たち。……よかった」

私は思わず笑顔になった。すると彰人さんも笑顔になる。

「そうだね」

そんな私たちを他の三人が微笑ましげに見つめていた。

＊　＊　＊

お手伝いさんが、私と彰人さんのためにお茶とお菓子を持ってきてくれたので、私たちはお母さんたちの横のソファに並んで腰を下ろした。

そのまま五人で雑談をする。内容は昔の話をはじめとして、最近の経済の話とか、会社での仕事の話とかだ。まぁ、仕事の話は主にお父さんと彰人さんの間で交わされてるんだけど。

そうして、最初に運んでもらったコーヒーがすっかりぬるくなった頃。美代子おばあちゃんが、いきなり胸の前で両手をパンと合わせた。

「そうだわ。まなみちゃんに見せたいものがあるの！」

「え？」

「次にまなみちゃんがこの家に来たら、絶対に見せようと思っていたのよ。それを果たさないと死んでも死に切れないわ」

そう言って立ち上がった美代子おばあちゃんに、私は目を丸くする。

「美代子おばあちゃん？」

「美代子おばさま？」

私と同じく怪訝（けげん）そうに尋ねたお母さんに、美代子おばあちゃんはにっこり笑って答えた。

「七緒（なお）さんのベールよ」

七緒さんというのは、彰人さんの亡くなったお母さんの名前だ。

その言葉を聞いて、お母さんはなんのことだかすぐに分かったらしい。合点がいったという顔で頷く。

「ああ、なるほど。七緒さんのベールね」

それからお母さんは私の方に振り向き、にっこり笑いながら促（うなが）す。

「まなみ、行ってらっしゃい」

「え？　え？」

お母さんにまでそう言われて、私は面食らった。

「彰人さん、まなみちゃんを借りるわよ」

「……仕方ないですね」

彰人さんがため息まじりにつぶやく。彼もなんのことだか分かっているらしい。

私は「？」マークを頭の周りに飛ばしながらも、おばあちゃんに連れられて応接室を出た。


おばあちゃんが案内してくれたのは、今まで入ったことのない部屋だった。他の部屋に比べると、それほど大きくない。もちろん、それでも私のマンションの部屋に比べたら大きいけど。

広さは十畳くらいだろうか。ガラス戸の棚には小物類が置かれ、本棚にはかなり古そうな装丁の本が収められている。よく見ると「手作りのウェディングドレス」とか「ウェディングドレス特集号」とか、ウェディングドレスに関する書籍や雑誌が集められているようだ。

白いウェディングドレスを着た人形まで飾られているそこは、全体的に柔らかな雰囲気があり、女性の部屋だというのが分かる。

その中でも一番目を引いたのは、部屋の隅に鎮座する、大きな業務用の足踏みミシンだった。

私が珍しく思って眺めていると、おばあちゃんが懐かしそうに目を細めて言った。

「ここはね、彰人さんの母親である、七緒さんの仕事部屋だったの。彼女、ウェディングドレスのデザイナーだったから」

「へぇ、ウェディングドレスのデザイナー……」

そこまで言って、私はキョトンとした顔でおばあちゃんを見返す。

「彰人さんのお母さんって、お仕事をされていたんですか？」

彰人さんのお母さんは、どこかの名家のお嬢様だったと前に聞いたことがある。今でこそ真綾ちゃんや舞ちゃんみたいなお嬢様でも社会に出て働いているけど、その当時はお嬢様と呼ばれるような人が働くなんて、けっこう珍しかったんじゃないだろうか？　しかも、佐伯グループの跡取りに嫁いだ身で。

「働いていたのは結婚するまでだけどね。七緒さんの実家の会社は今でこそ大きくなったけれど、元は小さな会社だったの。だから、七緒さんには自分がお嬢様だという意識はなかったと思うわ。デザイナーの卵として将来を嘱望されていたのだけれど、雅人と出会ってね。佐伯家に嫁ぐのならば、彼女には仕事はやめてもらわざるを得なかったの」

「……でしょうね」

なんとなく身につまされる話だ。私だってもし佐伯家に嫁入りするのなら、仕事はやめなきゃいけないだろうから。

「ただ、趣味としては続けたいからって言ってね。人形用のドレスを作ったり、知り合いから依頼を受けてドレスを手作りしたりしていたの。まぁ、それも彰人さんを妊娠したことで中断してしまったけれど」

美代子おばあちゃんは本棚から一冊のスケッチブックを取り出し、私に手渡した。

「これは七緒さんのデザイン画よ」

二十五年以上もの時を経たスケッチブックは黄ばんでいたけれど、中に描かれたデザイン画の線はくっきりしている。

「わぁ……！」

そのスケッチブックには、空白のページは一枚もなかった。全てのページにドレスを着た女性やベールを被った女性の絵が鉛筆で描かれている。前から見た図、後ろから見た図、横から見た図が、一ページの中にぎっしり描き込まれていた。

デザインは、今見ると少し古いかもしれない。でも、当時は肌をあまり露出しない長袖やハイネックのものが主流だったはずなのに、このスケッチブックにはフレンチ袖のドレスや大きく胸元が開いたドレスも描かれていた。

「すごく素敵です」

「私もそう思うわ。七緒さんは才能があったから、佐伯家に嫁がなければ、デザイナーとして一流になれたかもしれないわね。運命が少しでも違っていたなら……」

おばあちゃんは顔を曇らせた。

「それでも、病に倒れてしまうのは同じだったのかしら……」

「美代子おばあちゃん……」

彰人さんのお母さんは、彼が三歳の時に病気で亡くなったという。物心つく前だったからあまり覚えていないのだと、いつだか彰人さんが言っていた。

美代子おばあちゃんは悲しみを振り払うかのように頭を振ると、今度はガラス戸のついた棚の方に向かう。

「まなみちゃんに見せたいのは、これなの」

そう言って取り出したのは、綺麗な丸い箱に入った白いベールだった。白いバラのモチーフがいくつかついただけの、とてもシンプルなベールだ。

「これは?」

「病気になった七緒さんが最後の力を振り絞って作った、彰人さんの未来の花嫁のためのベールよ」

「え?」

私は弾かれたように顔を上げた。美代子おばあちゃんはそんな私に、悲しみと懐かしさの入り混じった笑みを向ける。

「七緒さんはね、産まれる子が男の子だったら、その子がお嫁さんをもらう時には絶対に自分がウエディングドレスを作るって言ってたの。そして女の子だったら、その子がお嫁に行く時にはドレスを二人で一緒に作るんだって。だけど病気になって、結婚式どころか彰人さんの成長を見守ることすらできないと悟った彼女は、最後の力を振り絞ってこのベールをこしらえたの。彰人さんの未来の花嫁のために」

そう言って、美代子おばあちゃんはそっとベールを撫でた。

「七緒さんはウェディングドレスのデザインが時代によって大きく変わることを、誰よりもよく分かっていた。だからドレスに比べればそれほど変わることがない、ベールを作ったの。できるだけ飾りはシンプルにして、その時代時代のドレスに合わせてリフォームできるようにと」

私は次に言われるだろうことを、なんとなく察した。

美代子おばあちゃんは顔を上げて、私をまっすぐに見る。

「これをね、まなみちゃんに受け取って欲しいの」

「美代子おばあちゃん……」

「使ってくれとは言わないわ。ドレスのデザインに合うかどうか分からないもの。ただ、これは七緒さんの心そのものだから、彰人さんの婚約者であるまなみちゃんに受け取って欲しいの」

私の目に涙が滲んだ。たった三歳の息子を残して逝かなければならなかった七緒さんの気持ちを思い、そしてその形見を私に託そうとする美代子おばあちゃんの気持ちを思って。

嬉しい。すごく嬉しい。……だけど、本当に私がもらっていいの？　っていう気持ちが浮かんでくる。

ここは喜んで受け取るべき場面だって、分かっているのに。どうしても、どうしても不安が拭えない。

私はドレスを見つめ、それから美代子おばあちゃんを見上げて、震える唇を開いた。

「……美代子おばあちゃん、嬉しい。すごく嬉しい。けれど、本当にこれ、私が受け取っていいのかな？　そんな資格があるのかな？」

「まなみちゃん？」

「彰人さんと結婚するのが、本当に私でいいの？　こんな私でいいの？　私、いつも彰人さんにおんぶに抱っこで、みんなに守られてばかりで、自分では何一つできないのに……」

言いながら、涙が出てくる。

「こんな私が佐伯家に入って、彰人さんを支えることなんてできるの……？」

自信なんて少しもない。家柄だけじゃなく、彰人さんの隣に立つのに相応しい能力がないのも分かっている。たとえ三条家の後ろ盾があったとしても、人から何か言われるのは目に見えていた。

秘書課の日向さんの事件の時だって、結局私は何もできず、みんなに守られるだけだった。一人でなんとかしようとしても、全然ダメだった。

……こんな私が佐伯家に入って、まともにやれるとは思えない。

ポロポロと涙を流す私に、美代子おばあちゃんは優しく言った。

「誰も自信なんてないのよ、まなみちゃん。私だってそうだったし、七緒さんだってそうよ。今のまなみちゃんと同じようなことに悩んでいたの。佐伯家に入る資格なんかないって。でもね、まなみちゃん。心配しないで。私がまなみちゃんに望むのはたった一つ。彰人さんの傍に寄り添ってくれることだけ」

「……だけど、彰人さんやみんなに守られるだけじゃ……」

美代子おばあちゃんは手を伸ばして、私の頭をそっと撫でた。

「ねぇ、まなみちゃん。守られることのどこが悪いの？　守ってもらえるということは、本当はすごいことなのよ？」

「え？」

驚いて顔を上げると、美代子おばあちゃんがにこにこ笑っていた。

「みんなにとって、まなみちゃんがそれだけ大切だから、守ろうとしてくれるのでしょう？　愛されているのよ。守るだけの価値があると思われているのよ。それはまなみちゃんが持っている大きな武器の一つだわ」

「ぶ、武器？」

「そう」

美代子おばあちゃんは大きく頷いた。

「あのね、この歳になるとよく分かるのよ。自分一人でなんでもできる人間なんかいないって。多かれ少なかれ、必ず誰かの助けを借りているものなの。誰かに支えられているものなの。それを忘れて、一人で生きていける、大丈夫だなんて思う人がいたとしたら、それはただの独りよがりに過ぎないわ」

私は大きく目を見開く。

「そんな独りよがりな人間を、誰が助けたいと思うかしら？　みんなに守られる、必要な時に助けてもらえるっていうことは、あなたが普段から周りの人に、感謝の気持ちを持って接しているからでしょう？　だから助けてもらえる。守ってもらえる。それはあなただけが持っている武器よ」

「……そんなこと、考えたこともなかった……」

私は呆然としてつぶやいた。

こんな頼りない私でいいの？　彰人さんの隣にいてもいいの？

そんな私を見て、美代子おばあちゃんがふふっと笑う。

「必要な時に手を差し伸べてもらえるのも、立派な才能なのよ。だから、今のままのまなみちゃんでいいの。そんなまなみちゃんがいいって彰人さんが言っているのだし、そこは自信を持っていいと思うわ」

「……はい」

私は頷いた。それから、白いベールを指差す。

「これ、いつか使わせてもらうね、美代子おばあちゃん。その時まで、美代子おばあちゃんに預けておいていい？」

このベール——彰人さんのお母さんの心は、彰人さんと本当に結婚する時に、美代子おばあちゃんの手から渡してもらおう。私はそう思って頼んだ。

「ええ。もちろんよ」

私の言いたいことが分かったのだろう。おばあちゃんはにっこり笑って頷いた。

その後、しばらくスケッチブックを眺めたり、思い出話をしたりした後、美代子おばあちゃんが時計を見ながら言った。

「さて、そろそろ彰人さんたちのところに戻りましょうか」

ベールを再びガラス戸のついた棚にしまい、スケッチブックも本棚に戻して、私と美代子おばあちゃんは部屋を出た。

そこへお手伝いさんの一人が、電話の子機を持って、慌ててやってきた。

「奥様、直通電話に、竹嶋(たけしま)様からご連絡が……」

それを聞いたおばあちゃんが、「あっ」と言って口元を押さえる。

「そういえば、月末の観劇のことについて今日連絡をよこすって言っていたわね。ごめんなさい、まなみちゃん、先に戻っててくれる？」

「うん。わかった」

「ごめんなさいね」

すまなそうに微笑んで、美代子おばあちゃんはお手伝いさんから子機を受け取る。それを見てから、私は廊下を歩き始めた。

さっきは美代子おばあちゃんと一緒だったから、上の階に上がるのにはエレベーターを使った。けど、たかが二階ぶん下がるのに一人でエレベーターを使うのは、さすがに抵抗があった。

だからエレベーターを素通りして、そのまままっすぐ階段の方へ向かう。

その途中、鈴の音がチリンと響いた。

足を止めて辺りを見回す私の目に映ったのは、廊下の曲がり角から覗く、青みがかかった灰色の尻尾だった。

あれは間違いなく猫の尻尾だ。

……猫？

「マーちゃん」

思わず口から出たのは、昔ここで拾った子猫の名前だ。正式な名前はマナらしいけど、美代子おばあちゃんは「マーちゃん」って呼んでいたから、私はずっとそれが名前だと思っていた。

階段の角から覗く尻尾は、確かにあのマーちゃんの尻尾に見える。あの子もあんな風に、青と灰色が混ざったような色の猫だったから。

でも、マーちゃんは何年も前に亡くなったと聞く。

新しい猫を飼ったのだろうか？

またチリンと鈴の音がして、尻尾が階段の方に消えていく。私はその姿を確かめようと、急いで階段へ向かった。

＊＊＊

まなみと美代子が応接室を出て行き、まなみの両親と彰人の三人が残されたところで、まなみの母親の沙耶子が口を開いた。

「彰人君は七緒さんの遺した花嫁のベールについて、おばさまから聞いているのね？」

するると、彰人の口元に苦笑が浮かぶ。

「ええ。祖母から耳にタコができるくらい、聞かされました。だから、二人が上でなんの話をしているかも大体想像できます。おそらく、あのベールをまなみに託すんでしょう」

「そうでしょうね」

懐かしそうに微笑んでから、沙耶子は彰人をじっと見た。

「実はね、私のウェディングドレスを作ってくれたのは、七緒さんなの」

彰人は軽く目を見張る。

「そうなんですか？　初耳です」

「本当は結婚式は挙げないで、籍だけ入れておしまいにする予定だったのだけど、お父さんたちから身内と親しい友人たちだけでも呼んで、式を挙げて欲しいって言われてね。とはいえ急に決まったから、当初はウェディングドレスを着ることは考えていなかったのだけど、七緒さんが『私が作る！』って言ってくれたの」

沙耶子はふふふと笑った。

「『ウェディングドレスは女性の夢なの。今着なきゃ一生後悔するから！』って。そして七緒さんが不眠不休で仕上げてくれたドレスを着て、私はこの人のところへお嫁に行ったわけ」

「すばらしいウェディングドレスだったよ」

沙耶子に指を差された隆俊(たかとし)も、懐かしそうに微笑んだ。

「でもね、ドレスを仕上げるのに精一杯で、ベールは間に合わなかったの。それでベールだけは、ドレスに合うものをレンタルしたのよね。だから、うちにはウェディングドレスはあるけれど、ベールはないのよ。これってすごい偶然じゃないかしら？」

そう言って、沙耶子は微笑みながら彰人を見つめた。

目鼻立ちのくっきりした沙耶子は、まなみとあまり似ていない。まなみはどちらかというと、隆俊似のようだ。けれど、こちらに向けられる沙耶子の眼差しの中に、最愛の女性と共通するひたむきさや無邪気さなどを見出して、彰人の心がざわめく。

多分、祖母だけではなくて、この人にも一生頭が上がらないだろう、そんな予感を胸に秘めながら、彰人は微笑んだ。

「そうですね」

「あの子はどういう運命のお導きなのか、七緒さんの作ったウェディングドレスとベールを、両方身にまとってお嫁に行くことになるようね」

「必ずしも母の作ったドレスを使う必要はないですよ。まなみが着たいと思ったウェディングドレスにすればいい」

そう言いながらも、まなみが母の作ったドレスを着ないわけがないと、彰人には分かっていた。

彰人の言葉を聞いてクスッと笑った沙耶子も、娘の性格をよく把握しているようだ。

「あの子の性格上、七緒さんのドレスを選ばないわけがないわ。もちろんそのまま使うわけにはいかないから、リフォームしてもらうことになるでしょうけど」

「でしょうね」

彰人の口元に苦笑が浮かんだ。

それから彼は、その笑みをスッと消して立ち上がり、二人に頭を下げる。

「後日、改めてお願いしに伺(うかが)いますが、今ここでも言わせてください。――まなみさんを俺にください。お願いします」

頭を下げたまま、彰人は続ける。

「必ず幸せにすると確約はできませんが、二人で幸せになれるように努力いたします」

まなみの両親は突然のことにびっくりしたのか、何も言わなかった。けれど、しばらくすると隆俊が言う。

「ああ、うん。分かったから顔を上げてくれないか、彰人君」

顔を上げた彰人の目に、苦笑いを浮かべている二人の姿が飛び込んできた。

「びっくりだよ。そんなに直球で来るとは予想外だった」

彰人の口元にも苦笑いが浮かぶ。

「いえ、なんだかお二人を相手にするなら、下手に策を弄するより、直球の方がいいような気がしまして」

「そうだね。その通りだと思う」

隆俊はハハハと笑った後、急にその笑みを消した。沙耶子が何も言わないのは、判断を夫に委ねているからだろう。

「あの子にも言ったけど、僕たちはまなみの意思を尊重している。だから、あの子が君を選んだのなら、反対する気はないんだ」

「ありがとうございます」

「ただね、危惧はしている。君の背後にあるものの大きさに、あの子が潰されてしまうのではないかと。そのせいで、あの子は一度とても深く傷ついたから」

十年前のことを思い出し、彰人は唇を噛み締めた。

「存じています。あの時のことは、俺も無関係ではありませんから……」

「そうだったね。だからこそ君にも分かるだろう。どんなに守ろうとしても、必ずあの子を傷つけるものが現れる。君がその全てを防いで、あの子を守りきることは不可能だ」

「……はい」

彰人は頷く。それがわかっているからこそ、『必ず幸せにすると確約はできません』と言ったのだ。

自分だけに関係することなら、全て排除して幸せにすると言えただろう。けれど、そこに佐伯家という要素が入り込んだら、必ず排除できるという保証はなくなる。佐伯の名が持つ重さは、個人の幸福など簡単に吹っ飛ばしてしまえるのだ。

「だから僕らが君に望むのは、あの子をただ危険や悪意から守るだけでなく、いざという時にあの子がそれを乗り越えていけるよう、寄り添うことだ。その手と心を、あの子から離さないでくれ。君の属する世界であの子が頼れるのは、それだけなのだから」

隆俊の目が彰人をまっすぐに射抜く。

「それを約束してくれるなら、僕たちは君に娘を託そう。どう？　できるかい？」

彰人は隆俊の目をしっかり見ながら頷いた。

「はい。お約束します」

その彰人の言葉を聞いたとたん、隆俊の顔にいつもの笑みが戻る。

「そう。では、あの子をよろしく頼むね、彰人君」

「はい」

「はいはい。この話はここでおしまい。あの子のいないところで、これ以上はダメよ」

沙耶子が口を挟む。確かに、この話は本来まなみも交えてするべきだろう。

彰人はにっこりと笑った。

「では、この話はまた日を改めて」

そう言って、ソファに腰を下ろす。すると、隆俊が急に悪戯っぽく笑った。

「だけど、実際に結婚するまでは大変だろうな、君も。三条家の男性は手ごわいよ？　口では認めたと言いながらも何かとチクチクつついてきて、こっちを試そうとするからね」

彰人の脳裏に、まなみ曰く「過保護な従兄弟」である二人の顔が浮かんだ。

「認めるどころか、反対してますよ」

そう言って、彰人は思わず笑ってしまう。

「あの二人か。あの子たちも、頑固で責任感が強いから……。それにお義父さんやお義兄さんも、多分いざとなったら渋ると思うよ。僕の時もそうだった」

当時を思い出したのだろう、隆俊がクスクス笑った。

「ああ、そうだ。君にいい手を教えてあげよう。僕も使った手だ」

「いい手？」

「そう。女性陣を全て味方につけるといい。君にも分かると思うけど、男というものは自分が選んだ女性には弱いんだ。あの三条家の男も例外じゃない。だから三条家の全ての女性を味方につけるのが、男性陣を黙らせる一番の早道だ」

それを聞いた沙耶子が笑い出した。

「この人は本当にそうしたのよ。うちの母や姉だけじゃなくて、美代子おばさまや七緒さんまで味方につけたの。そうなると、男性陣は折れるしかなくてね。この人を認めざるを得なくなったのよ」

彰人も笑みを浮かべた。簡単に想像がつく光景だ。確かに三条家の男性も佐伯家の男性も、どんなに会社で威張っていようと、伴侶には頭が上がらないのだ。

「それはいいですね、俺もそうすることにします」

彰人はにっこり笑った。

それからしばらく和やかな話題が続き、その後、彰人と隆俊が仕事の話で盛り上がっていた時に、美代子が戻ってきた。

「お待たせしてごめんなさい。電話がかかってきたから、つい長話しちゃって……」

そこまで言ってから、美代子は応接室を見回して首を傾げた。

「あら、まなみちゃんは？　先に戻ってきているはずなんだけど」

彰人たち三人は顔を見合わせる。

「いいえ、お祖母さん、まなみは戻ってきていません。別れたのはどのくらい前ですか？」

「十五分くらい前よ」

「十五分――」

とっくに戻ってきていなければおかしい時間だ。

「まさか、あの子迷子になってるとか？」

「いや、それはないよ。今までこの屋敷には何度も来ているだろう？」

「でも、まだ幼い頃だったし……」

沙耶子と隆俊の会話を聞きながら、彰人はソファから立ち上がった。

「探しに行ってきます」


彰人は、まず母親の部屋がある三階を見回った。だが、そこにまなみの姿はなかった。

次に二階を見て回る。だが、やはりどこにも姿は見えない。

最初はそれほど深刻に考えていなかった彰人だが、だんだん不安になってくる。

「……三階の防犯カメラを調べてみるか」

そう言って一階に下りた彰人の耳に、不意に鈴の音が聞こえた。

――チリーン。

その音を彰人はよく知っていた。大学を卒業する年になるまで、この屋敷のあちこちで聞いていた音だったからだ。

「……マナ？」

それは祖母の飼っていた猫――マナの首輪に付いていた鈴の音だった。走るたびにチリンチリンと音を立てる鈴は、どこにいてもマナの所在を知らせてくれたのである。

マナが亡くなり、その音が途絶えて久しい。

だが、この館に帰省したおり、彰人の耳にはふとした拍子に、鈴の音が聞こえることがあった。それは彼に、いつも愛しさと喪失感を同時にもたらす。

美代子は「マーちゃんの魂は、まだこの屋敷で以前と変わらない日常を送っているのよ」と言って、月命日にマナの好物を供えるのを忘れない。

彰人も時々鈴の音を聞くので、そういうこともあるのかと漠然と思っていたのだが、今聞こえてくる音は、いつになくはっきり聞こえる気がした。

――チリン、チリン。

音のする方を見た彰人の目に、ゆらめく尻尾が見えた。その色はマナと同じ青灰色だった。

「マナ？」

彰人の呼びかけに、鈴の音がチリンと応じる。そして、尻尾が廊下の方へ消えた。その先には、裏庭がある。

チリンチリンと音が大きくなる。まるでこっちへ来いと言っているようだ。

「まなみがいる場所を教えてくれているのかい？」

なんとなくそんな気がして、彰人は裏庭に向かった。

低木や花々が整然と植えられている前庭と違って、裏庭はシンプルながら趣がある造りになっている。大きな木々がそれをぐるりと囲み、塀の外から屋敷の中が見えないように隠してくれていた。そんな裏庭の一角に、小さな墓がある。墓の周囲には小さな花が植えられていて、毎日のように手入れされていた。

小さな墓石に彫られた名前は「マナ」。そう、これは猫のマナの墓だった。

その墓の前に、一人の女性がたたずんでいる。

彰人は安堵の息を漏らすと、その女性に声をかけた。

「まなみ」

まなみが振り返り、彰人の姿を認めて笑顔になる。

「あ、彰人さん！」

「帰ってこないから、迷子になっているのかと心配したよ」

「ごめんなさい」

そう素直に謝ってから、まなみは口を尖らせた。

「でも、さすがの私でも、何度も来たことがある屋敷で迷ったりしませんってば。鈴の音とマーちゃんらしき尻尾を追いかけてたら、ここまで来ちゃって」

「猫の尻尾……」

「うん、あれは絶対マーちゃんの尻尾でした！」

そう言って、まなみはお墓を振り返る。

「ここ、マーちゃんのお墓なんですね。もしかして、お参りに来いってことだったのかな？　……あのね、マーちゃんは、私がこの屋敷の裏門の外で拾った猫なんです」

「まなみが？」

彰人は目を見張る。それから、かつて祖母が言っていた言葉を思い出し、納得して頷いた。

「だからマナという名前なのか」

そうだ。以前、美代子は拾ってくれた子の名前から取ったと言っていた。

――ああ、こんなところでも、君と俺は繋がっていたんだな。

彰人は微笑んだ。

まなみは頷いたが、すぐに顔を曇らせる。

「前はよく会いに来てたんですけど、十年前のことがあってから、あまりこの屋敷にも来なくなってしまって、マーちゃんともそれっきり……」

「そうか……」

関係者の誰もが傷ついた、あの十年前の出来事。あれがなければ彰人とまなみは、偶然この屋敷でばったり出会っていたのだろうか？

今となっては分からない。ただ、過去を通して、色々な人たちを通じて、自分たちは繋がっている。そのことに、今はただ感謝したい気持ちだった。

「きっとマナは、自分にも挨拶しろって言いたかったんだろうな」

もう鈴の音は聞こえてこない。墓参りをしてもらって、マナは満足したのかもしれない。

「そうかもしれませんね……」

しみじみと言ってから、まなみはふと顔を上げて彰人の手を取り、もう片方の手で裏門を指差した。

「彰人さん、あそこ。あの裏門の近くを散歩してた時に、猫の鳴き声が聞こえたんですよ」

「そうか。よく見つけたね」

彰人はその手を握り返して、説明するまなみを愛おしそうに見下ろした。

「本当に偶然なんですけど、見つけられてよかったです。段ボールに入れられたまま放置されて、弱っていたんですよ。でも、タオルがいっぱい敷いてあったので、多分、元の飼い主も捨てたくて捨てたんじゃないって思えるのが救いです」

「マナにとって救いなのは、まなみに拾われて、命を助けられたことだと思うよ」

「違います」

まなみはそう言って、笑いながら彰人を見上げた。

「美代子おばあちゃんに引き取られて、彰人さんにうんと可愛がってもらったのが、一番の救いだったんです」

「そうかな。……うん、そうだといいね」

「絶対そうです」

彰人とまなみは互いの顔を見て笑みを交わすと、どちらともなくマナの墓を見下ろした。

「今度また二人でここに来ようね」

「はい」

マナの墓の前で手を握り合う二人の傍（そば）を、爽（さわ）やかな風が通り過ぎていった。

ガールズトーク

ある日の昼休み。ランチを少し早く終えた私、水沢(みずさわ)さん、川西(かわにし)さん、浅岡(あさおか)さんの四人組は、休憩室でコーヒーを啜(すす)っていた。

たわいもない話をしていたら、不意に水沢さんが「そういえばさ」と前置きしてから、こんなことを言い出す。

「私さぁ、上条ちゃんが課長と付き合ってると知ってから、ずっと聞きたかったことがあるんだよねぇ」

私はキョトンとして首を傾げた。

「私にですか？」

「もちろん、上条ちゃんによ。今や仁科(にしな)課長の婚約者として会社中に知られている上条ちゃんにね」

「ハハハ」

私は乾いた笑いを浮かべた。

私が仁科課長――本名佐伯彰人さんと婚約して、それを彰人さんに会社で暴露されてから数ヶ月が経つ。未だに社員の間で話題にのぼることが多いらしく、私の名前や所属部署も完全に知れ渡っていた。

自分は相手を知らないのに、相手は私を知っているということが多くて、さすがにちょっと辟易している。

人の噂も七十五日と言われているのに、それを過ぎても噂され続けてるってどうなの？

でも、これはある意味仕方のないことかもしれない。それだけ彰人さんはこの会社の中で特別な存在なのだ。

「これは、この会社の中では上条ちゃんにしか聞けないことなの」

紙コップの中のコーヒーを一気に飲み干した水沢さんが、真剣な眼差しを私に向けた。

え、何？　聞きたいことって、水沢さんがこんなに真剣になるほど重要なことなの？

思わず居住まいを正す私だったけれど、水沢さんが続けた言葉は意外なものだった。


「課長のアレってどうなの？　大きいの？　それとも小さいの？」

ブブ――ッ！
思わず飲んでいたコーヒーを口から噴き出す。……といっても、コーヒーを噴き出したのは私ではなく、川西さんと浅岡さんの二人だった。

アレ？　大きい？　小さい？

一体、なんのことを言っているのだろうか？

質問の意味がさっぱり理解できない私は内心首を傾げながら、質問してきた水沢さんと、咽ている川西さんたちを交互に見た。

「……あ、明美、いきなり何を言い出すの、あんたは！」

ゴホゴホと咳をしながら言ったのは、川西さんだ。

「び、びっくりしたぁ。もう、水沢さん、唐突すぎますよ！」

浅岡さんも、ハンカチを口に当てながら抗議する。

そんな二人に、水沢さんはあっけらかんと言う。

「いや、だってさ、知りたくない？　あの仁科課長のだよ？　私はすごく興味あるなぁ」

「そう言われると……確かに知りたいわね。というか、ぜひとも知りたいわ」

川西さんが難しい顔で頷くと、浅岡さんも頷く。

「……そうですね。私も興味あります。すごく」

それから二人は、同時に私を見た。

「で、どうなの？」

水沢さんが真剣な顔のまま、再び聞いてくる。

けれど、三人の視線を一身に集める私はといえば、相変わらずキョトンとしていた。

本当にアレってなんなんだろう？

「あー、駄目ね。上条ちゃん、意味分かってないわよ」

川西さんが両手を上げて肩をすくめる。

「婚約者がいるのに、相変わらず初心なのね、上条ちゃんは」

水沢さんはやれやれと首を横に振った。

そんな二人に、浅岡さんがおずおずといった様子で尋ねる。

「あの……もしや上条さんたち、まだそこまで至ってないとか……？」

「そんなわけないでしょ」

「それはさすがにないわー」

水沢さんと川西さんが同時に即答した。

「あの課長が、目の前の子猫……じゃなかった、子羊を、指咥えて大人しく見ているわけがないでしょう？」

水沢さんが言えば、川西さんもうんうんと頷く。

「捕獲するまで長ーい禁欲生活を余儀なくされてたんだから、がっちり首輪を嵌めた今は、食いまくってるハズよ」

なんだろう、すごいことを言われている気がする。禁欲生活とか、食いまくってるとか……

それってやっぱり、その、夜の生活に関すること……だよね？　となると、水沢さんがさっき言っていたアレっていうのも、それに関係すること？

再び首を傾げた私だけれど、次の川西さんの言葉にピキッと固まってしまった。

「課長、週末になると上条ちゃんを自分の部屋に連れ込んで、実家に帰らなきゃいけない時間になるまで放さないらしいわよ」

あわわわわ、川西さん、一体なぜそんなことを知ってるんでしょうか⁉

自分じゃ見えないけれど、一気に頬を真っ赤に染めたであろう私は、慌てふためいた。

でも……実は思い当たる節がある。田中係長だ。いや、間違いない。田中係長が、恋人である川西さんに教えたに違いない。

だって、田中係長には週末に彰人さんの部屋にいるところを見られたことがあるのだ。それだけじゃない。週末、彰人さんの携帯に田中係長から電話がかかってくることがあるんだけど、そういう時彰人さんは、私が部屋にいることをわざわざ伝えている。

そもそも田中係長は彰人さんの親友で、仕事でも右腕みたいな存在だ。私が毎週末に彰人さんの部屋で過ごしていることを、係長が知らないわけがない。

だけど、いくら親友とはいえ、夜の生活を含む彰人さんのプライベートを暴露してもらっては困る。

後で文句を言ってやらなければ！

そう密かに心に決める私をよそに、水沢さんが川西さんの言葉に狂喜乱舞していた。

「おーっと、いいネタゲットした！」

今にも手帳にメモしそうな勢いの水沢さんに、川西さんがビシッと注意する。

「言っておくけど、明美。これは他の人には言っちゃダメだからね。未だに課長に憧れている女性たちの耳に入ったら、どうなることか」

「分かってるって。上条ちゃんと課長の話は身内限定よ！」

力強く頷いてから、水沢さんは話題を元に戻すことにしたようだ。

「やることはやってるみたいだから、単に上条ちゃんは私の言ってることに、ピンときてないだけなのね」

水沢さんは自分に言い聞かせるようにうんうん頷くと、今も田中係長への怒りを燃やし続ける私を真剣な顔で見た。

「上条ちゃん、私が聞きたいアレっていうのはね、夜の生活に使う男性のアレよ」

「……へ？」

「だからアレよ、課長の股間にぶら下がっているヤツよ」

夜の生活に使う男性の……？　彰人さんの股間にぶら下がっている……？

ま、まさか……！

それがなんなのかを理解したとたん、私は思わず仰け反った。

「えええええ!?」

それってアレだよね!? 彰人さんの、彰人さんの……

何度か目撃したことのあるそれが脳裏に浮かんで、私はうろたえた。真っ赤になって椅子ごと後ろに下がり、助けを求めるように視線をあっちこっちに向ける。

この時は完全にパニクっていたから自覚がなかったけれど、かなり挙動不審だったことだろう……

そんな私に構わず、水沢さんが畳み掛けてくる。

「で、どうなの？ 大きいの？ 小さいの？」

「あう、あの……あう……」

こ、言葉になりません～！ みんなの前で、なんという質問をしてくるんだ水沢さんは！ どうりで、さっき川西さんと浅岡さんがコーヒーを噴き出したわけだよ！

顔から火が出そうな思いで、目の前の三人を見回してみれば、みんな興味津々(しんしん)な顔で私を見守っていた。

こ、これ、答えなきゃ駄目なのかな？ 彰人さんの……その、アレが大きいか小さいかを、答えなきゃ駄目なの？

どんな羞恥(しゅうち)プレイだ、それは！

というか……彰人さんのアレの大きさって……平均的なんじゃないの？ 本人が前にそう言って

いたような……

――そう、あれは彰人さんとそういう関係になって間もない頃のことだ。

ベッドの上で服を脱がされた私は、自ら服を脱いで欲望の証を露わにした彰人さんを前に、恐れおののいた。

初めてまともに見た彰人さんのそれは、浅黒くて太くて、先端が濡れていて、まるで別の生き物のように反り返っていたのだ。

想像していたよりもずっと大きくて、どう考えても物理的に入らないと思った。

「む、無理です、入りませんよ、そんなもん！　大きすぎます！」

喚く私に、彰人さんはにこやかに笑いながら……

「大きすぎるなんてことはないだろう。標準サイズだから」

「標準？　嘘！　それが標準!?」

「本当、本当。それに無理ってこともないよ。ここにちゃんと収まることは、すでに実証済みのはずだし？」

そう言って、彰人さんは私の剥き出しになった秘部に指を這わせる。

私はビクッと身体を揺らした。

「やっ、ちょ、待って……」

確かに、この時はもう何回かイタしていた。だから彼の言うことは、間違いではないんだけれど……

「大丈夫。俺に任せて……」

「ちょ、あ、あああっ……！」

その後すぐベッドに押し倒されてしまい、アレのサイズに関してはうやむやになってしまった。

けれど確かにあの時、彰人さんは自分のは標準サイズだと言っていたのである。

とはいえ、私はその言葉を疑っている。彼は怯える私を宥めるために、ああ言ったのではないかという気がしているのだ。もちろん、あれ以来それについて聞いたことも調べたこともないけれど。

あんなのが本当に標準サイズなんだろうか……？　っていうか、そもそも標準サイズってどれくらい？

なんてことを考えていたら、また脳裏に彰人さんのアレが浮かんできてしまい、私は内心「ぎゃあああ！」と悲鳴をあげた。

早く頭から消え去れと念じつつ、火照った頬に手を当てていると、三人が私の様子をじっと見つめていることに気付いた。

あ、そうだ。彰人さんのアレが大きいか小さいか聞かれてたんだった……

「思い出して身悶えするってことは、そんなに大きいの？　上条ちゃん」

「それとも、実は小さいから答えにくいの？　上条ちゃん」

「何を想像したのかなぁ、上条さんったら。すごく挙動不審だったよ？」

水沢さん、川西さん、浅岡さんが、それぞれ好き勝手に推測したことを口にする。

彰人さんの名誉に関わることだから（？）、勝手に決めつけられないうちに答えなきゃ！

とりあえず、本人が自分で標準だと言っていたのだし、そう答えておけば間違いないだろう。

そう思って、私は口を開いた。

「え、えーと、ふ、普通の大きさ、です！」

ところが私の答えを聞いたとたん、女性陣は一斉に胡乱げな目つきになる。

「こっちは模範解答なんて求めてないのよ、上条ちゃん」

「私たちが知りたいのは、上条ちゃんがどう感じているかなのよ」

「自分が感じた通りに答えればいいと思うの、上条さん」

三人から追及され、私はすっかりタジタジだ。

「な、な、なんでそんなに課長の……その、大きさを知りたがるんですかー!?」

私は川西さんと浅岡さんの恋人のアレのサイズなんて、ちっとも知りたいと思わないのに！

真っ赤になって叫ぶ私に、三人は即答した。

「興味があるからに決まってるでしょう！」

……ハモってますよ、皆さん。

三人の迫力に、私は屈した。更に真っ赤になった顔をあさっての方に向けながら、正直に打ち明ける。

「実は、大きいのか小さいのか、分からないんです……」

「はぁ？」

疑問符のついた声が、三人の口から一斉にあがる。それは恐ろしいまでのシンクロ率だった。

「だから……その……、比べるものがないから分からないんです……」

私はボソボソと答えた。

そう。他の男性のアレを見たことがないので、正直言って分からないのだ。比較できる対象がないから、大きいとか小さいとか言っても、それは単なる私の感想でしかない。

まぁ厳密に言えば、小さい頃、従兄弟(いとこ)たちと一緒にお風呂に入った時に見ているんだけど、それと比較してもなんの意味もないだろう。

きっと決して小さくはない……っていうか、もしかしたらものすごく大きいのではないかと疑っているけど、はっきりしたことは分からないままだ。

「そういや、上条ちゃんは課長に捕獲されるまでバージンだったもんね」

「そっか。課長が初体験の相手なんだから、そりゃ課長のしか知らないはずだわ」

「比較できるものがなければ、大きいか小さいかなんて分かりませんよね」

うんうんと頷いている三人。

私はそれを見て、この話題は終わるものと思った。だけど――どうやら甘かったようだ。

「そういえばさ」

水沢さんが急に私を見て言った。

アレの話題が終わったと思って安心していた私は、無防備に「はい？」と首を傾げる。さっきの話題も、水沢さんの「そういえばさぁ」という言葉から始まったなあ、と思いながら。

「上条ちゃん、もちろん避妊はしてるよね？」

明日の天気って、晴れだよね？　というのと同じような感じで水沢さんが口にした言葉に、私は固まった。

ひにん、ヒニン……否認？

……って、違うよね。さっきの話題の後ということを考えると、ほぼ間違いなく――避妊、だ。

この時、もし口の中にコーヒーを含んでいたら、私はそれを噴き出していたことだろう。

「な、な、な、今度はなんの話題ですかーーーー⁉」

私はフリーズ状態が解けるや否や、真っ赤になって叫んだ。

もう、今日は一体なんなの⁉

「課長と上条ちゃんの避妊の方法について」

「……っ！」

「無難にコンドーム？　ピル？　それとも……もしかして外出しとか？　あれは避妊にはならない

わよー？」

さらっと言った水沢さんに、私は卒倒しそうになった。

ひぃ！　なんだか今、すごく生々しい単語を聞いた気がする！

コンドーム？　ピル？　それに、そ、外出しとか！

それってアレだよね？　いわゆる膣外射精（ちつがいしゃせい）のことだよね？

ちなみに、私がなんでそんな言葉を知っているのかといえば、高校時代、彼氏のいる友達が避妊のことでアレコレ言っていた中に、その単語があったから。そしてキョトンとする私に、どういうものか懇切丁寧（こんせつていねい）に教えてくれたから！

……確かその時も、卒倒しそうなくらいショックを受けた。でも、あの時は自分には関係のない話だと思っていたから、単に知識として覚えただけだった。

けれど、今は違う。それは恋人であり婚約者でもある人との間で、問題になったことがあるからだ。

問題になったというのは大げさだけど、要するに、彰人さんが避妊してくれなかったことがあるのだ。それも最初の時に。

もちろん抗議はしたし、彼もそれ以降は避妊してくれているけれど、まさか自分が避妊問題に悩まされるとは思っていなかった。

避妊、大事！

とにかくそんなわけで、水沢さんの言っていることが理解できた私は、再び言葉に詰まる。

「あう……その……あう」

そんな私を尻目に、川西さんと浅岡さんが悪ノリする。

「おおっと、それ、私も知りたい！　……と言いたいところだけど、多分聞くまでもなくコンドームね」

「私もそんな気がします。上条さん、ピルとか呑んでる感じじゃないですもんね」

「ちょっと、まさかの生って可能性もあるわよ、二人とも」

「その答えは大穴でしょう。大体ね、上条ちゃんをよく見てごらんなさいよ、明美」

川西さんが一人でうろたえている私を指差し、水沢さんに言った。

「毎回、中に出されているように見える？　見えないでしょ？　上条ちゃんは未だに避妊の話題で真っ赤になるくらい初心だし、いかにもバージンっぽい雰囲気でしょうが。ピルですら、なんだか分かってないいんじゃない？」

いやぁ～！　更に生々しい話になってる！

私は恥ずかしさに耐えられなくなって、休憩室のテーブルに勢いよく突っ伏した。

「もしやオギノ式ってやつ？　だとしたら盲点だったわ」

水沢さんが難しい顔をして、「むむ」と眉を顰める。

「でもさ、オギノ式って安全日とか排卵日とか危険日とか計算するでしょ。上条ちゃんがそんな計算しているようには見えないわよね」

つぶやくように言った水沢さんに、川西さんが訳知り顔で人差し指を振ってみせた。

「チッチッチッ。甘いわよ、明美。課長ならあり得るでしょ。あの人なら上条ちゃんの排卵の周期を完璧に把握して危険日を避けることくらい、わけないわよ」

その川西さんの言葉に、浅岡さんが納得顔で頷いた。

「確かに、あの課長ならあり得ますね」

水沢さんも、そうねと頷く。

「危険日を避けて、生でしているのかもしれないわね」

……羞恥心(しゅうちしん)が原因で死ぬことがあるならば、今この瞬間、私はおそらくあの世に行っていたことだろう。

って、魂(たましい)飛ばしてる場合じゃない！　こ、このままじゃオギノ式で避妊していると、勝手に結論付けられてしまう！

私はそれを阻止するべく、ガバッと顔を上げた。

「コ、コンドームです！」

私が恥ずかしがってすぐに答えないから、彼女たちは面白がって色々言うんだろう。ならば、もう恥を捨ててさっさと答えてしまうのが一番だ。

そう思って、必死に叫ぶ。

「コンドームを使ってるんですー！」

その場がシーンとなった。

三人の視線が私にピタリと向けられる。おそらくみんなの目には、顔を真っ赤にして息を切らしている私が映っていることだろう。

ああ、恥ずかしい！　今すぐ昏倒して意識飛ばしたいくらい恥ずかしい！

けれど、私が決死の思いで告白したにもかかわらず、三人の反応は非常に薄かった。

「コンドームかぁ……ちぇっ」

あれ？　川西さん。今、小さく舌打ちしませんでしたか？

「やっぱり無難なコンドームなのねぇ」

って、水沢さん。どうしてため息なんかつくんです？

「課長も意外性がないですねぇ。つまんない」

ちょっと、浅岡さーん？

ううう。恥を忍んで言ったのに！　私、完全に遊ばれてる！　オモチャにされてる！

そう内心で嘆いていると、水沢さんがいきなり笑顔になった。

「でも、コンドームならむしろありがたいわよ！　だってコンドームのサイズが分かれば、課長のアレの大きさも分かるじゃない？」

――へ？

一人キョトンとする私をよそに、川西さんと浅岡さんは「ああ」と納得している。

「確かにそうね。上条ちゃんがサイズまでは知らないとしても、メーカーを覚えていれば……」

「もしメーカーが分からなくても、商品名さえ知っていれば、おおよそのサイズは分かりますしね」

あ、あれ？　また課長のアレのサイズの話に戻ってる⁉

突然の話題の変化に、私は呆然とした。

いや、それよりもびっくりしたことがある。

――コンドームってサイズがあるの？　ワンサイズじゃないの⁉

更なるカルチャーショックを受け、私は再びテーブルに突っ伏したくなった。

ずっと、コンドームってワンサイズなのかと思っていた。だって、ゴムっていうからには伸びると思うじゃないの、普通。ゴムが伸びて、どんなサイズのアレにも合うものだとばかり……

けれど、水沢さんたちの会話を聞くに、どうも違うらしい。

そ、そっか、コンドームにも色んなサイズがあるんだね。また一つ未知なる世界を知った気分だ。

だけど、このことは水沢さんたちには黙っていよう。そうしないと「上条ちゃんってば、そんなことも知らないの？　初心ねぇ」って言われて、挙句みんなのオモチャにされる。絶対にされる。

大体、コンドームを買ったことはおろか、パッケージを見たこともない私が、サイズがあることなど知ってるわけがない。

あれ？　そもそもコンドームのサイズって……どういうこと？

「で、課長が何を使ってるのか、上条ちゃん知ってる？」

水沢さんが私にそう尋ねてくる。でも私はほとんど聞いておらず、テーブルの木目をぼんやりと見ながら、コンドームのサイズについてアレコレ考えていた。

――サイズ。

サイズっていうと、やっぱり洋服のようにＳＭＬがあるのかな。それとも、ジーンズみたいに胴回り……というか、アレの太さによって色々なサイズがあるんだろうか。アレの……ちょ、直径何センチとか、はたまた長さ何センチ、とか……

「おーい、上条ちゃん？」

うーん、謎だ。何しろ買ったことがないから、いつも会社帰りに寄るドラッグストアのどのコーナーに置いてあるのかすら知らない。

いや。それよりも、みんなはお店でコンドームを買っているのだろうか。とても信じられない。だってさ、レジの人に見られるんだよ？　ゴムを使う目的なんて一つしかないのに、それを買うってことは……。それも、顔見知りの店員さんに見られでもしたら……

そんなの恥ずかしくて、私なら死ぬ！　絶対に死ぬ！

「上条ちゃーん？」

そういえば彰人さんは、一体どこで買っているのだろうか？

寝室だけじゃなくてリビングにも置いてあるし、どうやら持ち歩いてもいるようだ。そんな風に色々なところに用意してあるくらいだから、かなりの数を持ってるんじゃないかと思う。まさか、まとめ買いしてるとか？

「上条ちゃん！」

「ふぉ⁉」

いきなり水沢さんに耳元で叫ばれ、私は驚いて飛び上がった。

「え、え？　なんですか？」

思わず腰を浮かしかけた私は、水沢さんが呆れたような顔で私を見ているのに気付き、慌てて腰を下ろす。

「課長がどのコンドームを使ってるか聞いてるのに、上条ちゃんったら、ぼんやり考え事なんかしちゃって。……あ、もしかして」

そこで言葉を止めてにやりと笑う水沢さんに、私は嫌な予感がした。

「課長のアレを思い出していたのかしら？」

悪い予感、当たったーーーー！

「まぁ、こんな話をしてたら、つい思い出しちゃうのも仕方がないかもしれないわね」

私が何も言えないでいるうちに、そう続けた水沢さんの口調は、なんだかものすごく楽しそうだった。

「あらあら、上条ちゃんってば、ここは会社よぉー？」

川西さんの顔も、やけににやにやしている。

そんな中、唯一真面目な顔をしているのが浅岡さんだったけれど——

「上条さんったら、午後は課長の顔をまともに見れなくなっちゃうよ？」

そう言った後、横を向いて「プッ」と噴き出していた。

なぜか、私が課長のアレを思い出していたというのを前提にして話が進んでいる！

「違います！　思い出してなんかいませんっ！」

私はこれ以上決めつけられるのはゴメンだと、慌てて否定した。

いや、実は最初に課長のアレが話題に上った時、つい思い出してしまっていたりなんかするんだけど。でも今は違う。断じて違う。

そう、今は——

「私はただ、コンドームのサイズってどういうことだろうと思っていただけです……って、あわわわわわ！」

否定した勢いのままついポロッと言ってしまい、私は急いで口を押さえた。けれど、時すでに遅し。

水沢さんの瞳がきらりと光った。その横で川西さんがにやりと笑う。浅岡さんは「まぁ」と目を見開き、口元に手を当てた。

あああ失敗した！　コンドームにサイズがあるのを知らなかったことは、知られたくなかったのに！

私の馬鹿、馬鹿！　どうしてこうポロッと口から出ちゃうのかな、私は。そんなことをみんなに知られたら……

「あらら、上条ちゃんって、やっぱり初心ねぇ」

今にもホホホと笑い出しそうな口調で水沢さんが言えば、川西さんは生暖かい目で私を見る。

「上条ちゃん、コンドームにサイズがあるのを知らなかったのね」

「きっと、ゴムだからいくらでも伸びると思っていたんですね」

浅岡さんが訳知り顔で頷いた。

やっぱりこれをネタに、オモチャにされるのか！

おまけに「サイズってどういうことだろうと思っていた」としか言ってないはずなのに、なんだかやけに私の思っていたことを的確に把握されてる気が……

「上条ちゃんってば、さっきから思ったことが顔に出まくりよー？」

「丸分かりよー？」

「ダダ洩れしてるよ？」

「わ、私の考えを読まないでください！」

ぎゃー！　と心の中で叫んで、私はテーブルに突っ伏した。

「まぁ、冗談はさておき、上条ちゃんの考えが顔に出てるってのは本当のことよ？」

水沢さんがそう言って、私の頭を慰めるように撫でた。

「そうそう。私たちが『コンドームが分かればサイズが分かるかも』って言ったら、狐につままれたような顔してたでしょう？　あれを見て、サイズがあることを知らなかったんだって、すぐに分かったわ」

私の頭をポンポンと軽く叩きながら言ったのは、川西さんだ。

背中を撫でてくれているのは、多分浅岡さんだろう。

「その後も上条さん、難しい顔して考え込んでいたから、きっとゴムのサイズについてアレコレ考えているんだろうなぁと思ったの」

やっぱり顔に出てるんだ、私！

昔から従兄弟たちがやけにあっさり私の考えを読むなぁと思ってたら、自分のせいだったのか。

「上条ちゃん、落ち込まないの」

「そうそう。素直に顔に出すところが、上条ちゃんのいいところなのよ」

「きっと課長もそんな上条さんだから、好きになったんだと思うよ」

これは慰められているんだろうか。

言葉だけ聞くと慰められているようだけど、どうも声に笑いが含まれている気がしてならない。

そう思って伏せていた顔を上げてみれば、満面の笑みをたたえた女三人が私を見下ろしていた。

やっぱり面白がってる！

「膨れっ面も可愛いわよ、上条ちゃん」

むぅと睨む私に、水沢さんが顔に笑みをたたえたまま言う。それを見た私はどっと疲れを感じ、

「はあっ」とため息をついた。

勝てないなぁ、もう。多分、私は一生この人たちに勝てない気がする。

「で、話は戻るけど。コンドームにサイズがあるのを知らないってことは、上条ちゃんは当然、課長が使っているコンドームのサイズも知らないってことよね？」

そう言ったのは川西さんだった。

私は素直に頷く。いまさら取り繕っても仕方がないからだ。

「知りません。サイズがあること自体、今日初めて知りました」

「メーカーも分からない？　パッケージとか見たことないの？」

「み、見たことないんです。外箱は……」

そう、見たことがあるのは個包装の銀色の袋だけ。彰人さんが外箱をどこに保管しているのかも知らない。

「チッ」

隣で水沢さんが小さく舌打ちするのが聞こえた。

すみません、知らなくて……。でも、恋人の使っているコンドームのメーカーを知らないのが、

そんなにおかしなことなの？　というか、世の中の恋人たちは、そこまで情報共有しているものなのだろうか。

聞いてみたいけど、またオモチャにされる予感がするので聞けない。

そこで、私はちょっと遠回しに尋ねてみることにした。

「あ、あのー。ゴムって女性も買うものなんですか？」

買うには当然、相手の男性の、その……アレのサイズを知らないと買えないわけでしょ？

そう思って聞いたら、返ってきた答えは微妙なものだった。

「うーん、時と場合によるわね」

という水沢さんの言葉の後を継いだのは、川西さんだった。

「基本的には、男側が用意することがほとんどじゃないかしら。でも、世の中には避妊に無頓着な男もいるから、そういう時は女が用意しなくちゃならないわ。自己防衛のために」

「あ、でも、夫婦とか長く付き合ってる恋人同士だと、女性が彼の代わりに『買っとくね』って感じで買うこともありますよね」

そう言ったのは浅岡さんだ。

「ちなみに私、彼のマンションに行く途中でゴムが切れたって連絡もらって、彼の代わりに買っていったことがあります」

わーわーわー。浅岡さんってば、そんなに明け透けに語らなくても！

私は焦ったけど、本人はケロッとしてるし、他の二人も平然としていた。それどころか、川西さんは聞かれもしないのに、あっさりこんなことを言う。

「私は今の彼と付き合うようになってから、自分で買ったことはないわねー。いつも向こうが用意してくれているから。ちなみにサイズはM。つまり標準よ」

わーわーわー。ど、どうしてそんなにサクッと言えてしまうんですか、皆様！

これが恋愛スキルの違い？　恥ずかしがってる私がおかしいの？

「チッ、恋人がいない私には答えようがないじゃないの。でも、昔買いにいったことはあるわ」

水沢さんはそう言うと、いきなり私の方を向き、にっこり笑った。

「上条ちゃん。サイズは大体標準、小さいの、大きいのの三種類って感じだけど、表記の仕方はメーカーごとに違うの。大抵はアレの長さとか太さを基準にしているようだけど、一番太い部分がどれくらい太いかによってサイズが分かれている場合もあるみたいよ」

「そ、そうなんですか」

いきなり説明されてびっくりしたけれど、納得した。そ、そうか。サイズの表記はさまざまなんだ。川西さんはMと言っていたから、洋服みたいにＳＭＬというサイズに分かれているゴムもあるということだろう。

そこまで考えた私は、ハッとした。

さっき、一番太い部分がどれくらい太いか……って言った？　それって、もしかしてアレの先端の……

　またもや脳裏にアレが浮かんできてしまい、私は再び顔に熱が集まるのを感じた。
　ダ、ダメだ。思い出すな私！　それこそ午後から彰人さんの顔が見られなくなる！
　更にはその態度を不審がられて、尋問されて、アレのサイズの話をしていたことを吐かされてしまう。そんな流れは絶対にゴメンだ！

　私は脳内映像を消すため、必死に違うことを考えた。

　ええっと、ええっと……そうだ！　従妹（いとこ）の真央（まお）ちゃんから『彰人さんと田中係長をモデルにしたBL描いてもいい？』って言われてたんだった！

　――って、違う！　一体、何を思い出しているんだ私は！　あれはその場で涙目になりながら、必死に断ったでしょうが！

　そうじゃなくて、もっと別の……別のことを考えるのだ。BLとか彰人さんのアレのこととかじゃなくて、もっと健全で楽しいことを！

　などとアレコレ考えている私のすぐ傍（そば）で、とんでもない話題が展開される。

「サイズっていえばさぁ、この前、日本人男性の平均的な長さは十四センチだって聞いたわ」

　いきなりそんなことを言い出したのは、当然水沢さんだ。

「でも、長さじゃなくて、太さが問題なんじゃないの？　コンドームだって、主な基準は太さでしょう？」

川西さんがそう言うと、浅岡さんが首を横に振る。

「いえ、あまり太くても困ります。適度に長くて適度に太いのが一番かと！」

ひえぇ！　すごい話をしている！　なんか具体的な数値も聞こえたし。

けれど、私は反応しないようにした。それどころか、聞いちゃいけない気さえする。いや、気がするんじゃなくて、間違いなく聞いちゃいけない！

そう思って必死に気を逸らしていた私を、水沢さんが横目でちらりと見る。

「あーあ、課長のアレが大きいのかどうか、知りたかったのになぁ」

やっぱりそこか、そこに戻るのか！　どうかもうご勘弁ください！

そう心の中で絶叫した時。いきなり休憩室のスライドドアが開いた。

突然の出来事に、私はビクッと震え、他の三人の声が止(や)む。

すると扉を開けた人物が、呆れたような声で言った。

「おいおい、お前たち、なんちゅー話をしてるんだ」

ちょうど扉を背にして座っていた私は、背後から聞こえてきたその声に、ビシッと固まる。

こ、この声は、もしかして……？

恐る恐る振り返ってみれば、私が所属する企業調査チームをまとめている田中係長が、呆れ顔をして立っていた。

そこはかとなく漂(ただよ)ってくる煙草(タバコ)の匂いから、田中係長が今までどこにいたのかを悟る。この休憩室の隣にある喫煙室だろう。

「あらやだ。聞いてたんですか?」

川西さんが係長を咎めるように見やる。

「聞いてたんじゃなくて、聞かされたんだ」

田中係長がスライドドアを閉めて、呆れ顔のまま私たちの方にやってくる。

「壁が薄いから、ここでの会話は隣の喫煙室に筒抜けなんだぞ」

「げっ」

私は青ざめた。つまり課長のアレのこととか、避妊のこととか、コンドームについてのアレコレも……

「……た、田中係長。もしかして……全部……全部……」

変な汗を流しながら恐る恐る尋ねた私に、田中係長はあっさり頷く。

「全部聞こえた」

……ダメだ。もう死んだ。明日から会社に来られない!

私は再びテーブルに突っ伏した。顔に熱が集まってくる。この昼休み中に、何回赤面したことだろう。

そのまま身悶えていた私は、ふとあることに気付いて動きを止めた。

田中係長に全部聞かれたことよりも、喫煙室に係長以外の誰かがいたとしたら、そっちの方が問題だ。

私は顔をガバッと上げて、係長を見上げた。

「ほ、他に、誰か、誰かっ」

焦って尋ねた私に、係長はにやりと笑う。

「安心しろ。お前らの話が聞こえてきたのは、他の奴らが出て行った後だ。つまり、俺しか聞いてない」

「よ、よかった——」

私は安堵して、再びテーブルに突っ伏した。

係長以外の人に聞かれなかったのは、不幸中の幸いだ。

「しかし女だけになると、すごい話してるんだな。まさか会社で課長の一物の大きさについて話してるなんて、俺は我が耳を疑ったぞ」

その言葉と共に、ガタガタと何かを動かす音がした。顔を上げてみれば、なぜか田中係長が隣のテーブルから椅子を移動させ、水沢さんと川西さんの間に強引に割り込んでいる。

もしや、混ざる気満々ですか!?

「ガールズトークとはそういうものなんですよ、係長」

まったく動じずに、しれっと答えたのは川西さんだ。

「妙齢の女が四人も集まれば、自然とその手のことに話が行くんです」

「いや、だけどよ」

田中係長がそう言って、私をちらっと見る。

「上条の様子を見るに、そういう話に慣れているとはちっとも思えないぞ？」

「上条さんは特殊なんです」

そう答えたのは浅岡さんだった。

「未だに恋愛に関しては、中学生か高校生レベルのスキルしかないんですから。……いえ、今日日の高校生は、上条さんよりよっぽどスキルありますね。つまり上条さんは中学生レベルなんです」

……何気に酷いことを言われている気がする。すみませんね、中学生レベルで。

一応、保健体育で習ったり、高校生の時に友達に教えられたりしたから、基本的なことは知ってるつもりだ。ただ、そういうことは他人事――というか遠い世界のことだと思ってたから、自分のこととして考えられないだけで……

「いや、それよりも！」

いきなり水沢さんの大声が聞こえたと思ったら、バンッとテーブルを叩く音がした。

ビクッとしつつ水沢さんの様子を窺うと、テーブルに両手のひらを置いたまま、隣にいる田中係長を真剣な目で見ている。

「田中係長なら、知ってるんじゃないですか？」

「何を？」

キョトンとする係長。ちなみに私はまたもや嫌な予感がして、背中に変な汗が湧いてくるのを感じていた。

「聞いていたんなら分かるでしょう？　課長のアレの大きさですよ！」

やっぱり嫌な予感、当たった……！

「どうして俺が知ってると思うんだ？」

田中係長は困惑気味に言った。

「だって、トイレで一緒になったことが何度もあるでしょう？　社員旅行で一緒に温泉に入ったことだって！　だったら見ているハズです。——課長のアレを！」

み、水沢さん、どうしてそこまで……

そう思ったのは私だけではないらしく、係長が呆れた口調で言う。

「水沢、どうしてそこまで知りたがるんだ……？」

「興味があるからです！　だって知りたいじゃないですか。せっかく上条ちゃんっていう目撃者が身近にいるんだから。それに——」

と、急に声のトーンを落とす水沢さん。

「前に他の部署の子とガールズトークしてたら、なんで仁科課長はあんなにモテるのかって話になったんですよ。まぁ、イケメンエリートだからモテるのは分かるんですけど、どうしていつも別れを切り出すのは課長からで、女の方からフラれることはないのかと。で、その時に、アレが大きくて床上手（とこじょうず）なんじゃないかって意見が出て――」

にゃーにゃーにゃー！　私の知らないところで何を話してるんですか、何を！

多分、私と彰人さんが付き合う前の話なんだろうけど、なんだかすごく恥ずかしい！　床上手って……つまりHが上手ってことだよね？

……うん。それに関しては分かる。他の人との経験がなくても分かる。絶対上手だよ、あの人。常に余裕でリードされてるし、あっという間にその気にさせられてしまう。そして毎回イかされている。こっちの弱点を的確に突いてくる、あのやり方――あれで下手なわけがない。

「あれだけ色々な人とお付き合いしていたんだから、床上手なのは聞くまでもなく分かります。でも、アレの大きさだけは分からないんですよ！　大きいのか、小さいのか⁉　その真実に、今手が届くかもしれないんです！」

水沢さんは、またテンションが上がってきたみたいで、テーブルを両手でバシバシ叩き始めた。

「さぁ、係長、キリキリ答えてください！　大きいんですか、小さいんですか⁉　同じ男なら分かるはず！」

その水沢さんの言葉に釣られて、私を含む女性陣全員が田中係長に注目した。けれど、四人の女性から熱い視線を向けられても、係長は相変わらずの呆れ顔だ。

「あのなぁ。お前たちの知りたい大きさってのは、勃（た）った時の大きさだろうが。そんな状態のアレを見る機会なんて俺にあるか」

そ、そうですね。そんな状態のを見る機会があったら……それは真央ちゃんが喜びそうなＢＬの世界だ。まったくもって正論です、係長。

それでも水沢さんには、一歩も引く気配がなかった。

「通常時の大きさを知るだけでも、参考になるじゃないですか！」

「おいおい。個人差があるし、通常時の大きさと勃った時の大きさが比例するわけじゃないんだぞ。膨張率ってもんが……」

「そんなのは分かってますってば。参考程度に聞きたいんです！　だから、早く答えてください！」

バンッ！　水沢さんが再びテーブルを叩いて答えを促す。

一体、何が水沢さんをここまで駆り立てるのだろうか（遠い目）。

それを知りたいような、知りたくないような……

「通常時の大きさも知りたいから、係長、答えちゃってよ」

ここでいきなり川西さんが、水沢さんの援護射撃をした。見ると、浅岡さんまでうんうんと頷いている。

ええ？　ちょっと待って！　なんで通常の時の大きさも知りたいの？　理解に苦しむんですけど！　そんなの知っちゃったら、本人の顔、まともに見られなくなりませんか……？

女性三人から迫られた係長はタジタジだ。

おそらく係長も、あの時の大きさならともかく、通常時の大きさまで知りたがる気持ちが分からないのだろう。

いつも飄々としている田中係長だけど、さすがに困った顔をしている。そして結局、答えることにしたらしい。

「えっと、彰人のアレね……」

こめかみを人差し指でポリポリと掻きながら、どこか笑いを含んだような微妙な表情で私をちらっと見る。その後、あさっての方向を見て言った。

「……立派なモノをお持ちで」

いやぁぁ！　立派って言ったぁぁ！

私は一瞬にして全身茹でダコみたいになって、ばふっとテーブルに顔を伏せた。ついでに耳も塞いだ。

ところが、女性陣のハモった声がしっかり聞こえてくる。

「やっぱり！」

ああ、穴があったら入りたい。いや、誰か今すぐ私を殴って気絶させて！

そこへ、水沢さんの弾んだ声が聞こえてきた。

「通常時の大きさと勃った時の大きさが比例するわけじゃないけど、勃った時も大きい可能性が高いってことよねっ」

「まぁ、普通に考えればそうね」

「大きいんですね～。課長のって」

ちょっと、もう大きいのは確定なんですか、皆さん。

――私も心の片隅で「やっぱり……」なんて思っているけど！

「おいおい。だから決め付けるなって。それに立派と言っても、俺が見たことがあるヤツの中ではってことだぞ？」

女性陣のあまりの興奮ぶりに、この場で唯一の男性である田中係長は、若干引き気味だ。

「それじゃあ、自分のと比べたら？」

いきなりそんなことを聞いたのは、川西さんだ。

「その言い方だと、自分は比較対象外ってことでしょ？」

「おおっと、さすが女史。鋭いねぇ」

係長の声に笑いの色が加わった。というより、ようやくいつもの調子に戻った感じ？

テーブルに突っ伏している私には、その表情は見えない。けど、多分係長は今、いつものにやりとした笑みを浮かべていると思う。

「お世辞はいいから、早く答えて。自分のと比べたらどうなの？」

「俺と比べたら……まぁ、微妙な差ってやつ？」

「つまり、微妙な差で課長の方が大きいのね。……大体想像できたわ」

「まぁ、そういうこと」

え？　ということは、田中係長のも大きいってこと？　……って、わわわわ！　こ、これ以上考えちゃいけない！

私は内心そう叫んで、想像しかけた田中係長のアレを、しっしっと頭から追い払った。田中係長のアレの大きさについて考えたことを彰人さんに知られたら、何をされるか分かったもんじゃない。

恋人同士になって初めて分かったんだけど、彰人さんは非常に独占欲が強い。あれ？　こういうタイプの人だったっけ？　って、首を捻りたくなるくらいに。

私の従兄弟である透兄さんと涼に妬くのはもちろん、私が仕事で男の人と接触するのも嫌がっている感じなのだ。会社で男の人とちょっと話しているだけで、妙に威圧感のある視線を送ってくるもんね……

他の人たちも多分、それに気付いてる。最近、同じ部署の男性社員が私に仕事を依頼してくる時、どこかビクついているのは絶対気のせいじゃないと思う。

そんな嫉妬深い彰人さんに、他の人のアレの大きさについてチラッとでも考えたことがバレたら……間違いなくお仕置きフラグが立つ！　絶対に立つ！

『他の男に触れさせたりしたら――お仕置きだからね、まなみ』

いつか耳元で言われた彰人さんの言葉が蘇って、私は背筋がぞわっとするのを感じた。

悪寒半分、甘美な痺れが半分。彰人さんの独占欲の強さが嬉しいやら恐いやら……複雑な気分だ。

「ところでさ」

と、いきなり今日何度目かの要注意ワードを言ったのは、水沢さん――ではなく、途中で乱入してきた田中係長だった。

「上条よ」

「はい⁉」

急に名前を呼ばれて、私はテーブルに伏していた顔を上げた。すると、田中係長が何やら複雑な表情でこちらを見ていたので、私は思わず姿勢を正してしまう。

「お前たちの話を聞いてて、気になったんだが――」

「な、何がですか？」

私は身構えた。今までの流れから考えて、絶対にろくなことじゃないと推測できたからだ。

そんな私の目の前で、田中係長が眉を顰めつつ言ったのは、とても意外な言葉だった。

「お前、避妊に関しては、まるっきり彰人任せなのか？」

――はい？

いきなり予想の斜め上の質問をされて、私はびっくりした。目の端には、私を興味深そうに眺める三人が映っている。

ひ、避妊？　アレの話じゃなくて、避妊の話？

思いもよらない話を振られて困惑しつつも、私は頷いた。だって、その方面に関してまるっきり彰人さん任せなのは事実だから。

すると、田中係長は深いため息をついた。

「はぁー。やっぱりか……」

え？　何かマズイことでもありました？

「上条」

「は、はい？」

一体なんだろう？　仕事以外でこんなに真剣な顔をしている係長は珍しい。

係長はすっかりビビっている私に鋭い目を向け、重々しく告げた。

「お前、気をつけろよ？」

「はいぃぃ？」

私は思わず間抜けな声を出した。

えっと、何に気をつけろ？　いや、この流れで気をつけろと言われたら、答えはただ一つ。避妊の失敗には気をつけろってことだろう。

でも避妊の失敗に気をつけるべきなのは、私だけではない。彼氏を持つ女性全員が気をつけるべきなのではないだろうか。

「……えーっと、避妊の失敗に気をつけろってことですよね？　分かってます」

気を取り直してそう尋ねた私に、田中係長は首を横に振った。

「俺が気をつけろって言ってるのは——彰人のことだ」

「へ？」

課長――彰人さんに気をつけろって？

真剣な目で私を見ながら、係長は続けた。

「男の俺が言うことじゃないが、避妊を男任せにするな。特にあいつ――彰人にはな。主導権を握らせるのは危険だ」

「き、危険って？」

「なんと言うか……あいつは目的のためには手段を選ばないからな。特に避妊に関しては、あいつを百パーセント信用しない方がいい。これは忠告だ」

なんとなくだけど、係長の言いたいことが分かって、私は青ざめた。

すると、水沢さんと浅岡さんがププッと噴き出す。

「やだわ、係長ったら。冗談キツイって！」

「そうですよ。あの課長だって、まさかそこまではしませんよ」

二人は係長が真面目な顔で冗談を言ったと思っているようだ。

だけど、彰人さんという人をよく知っている私と川西さんは、ちっとも笑えなかった。

だって、思い出してみて欲しい。私に婚約を承諾させようとして、彰人さんはなんて言った？

『選ばせてあげるよ。俺と婚約するか、それとも数ヶ月以内に妊娠してデキ婚するかのどちらかを』

――そう言ったのだ。

そのことを考えると、係長の忠告は的を射ていると思える。

うかつにも、彰人さんに避妊を任せることの危険性について、私はまったく考えたことがなかった。それは初めて彰人さんとそういう関係になった時に、ちゃんと守るからって言ってくれた、あの言葉を信じているから。

……でも。考えてみればその最初の夜にいきなり……中で出されたことを思い出すと、係長の言う「百パーセント信頼するな」という言葉が急に身にしみてくる。

私は係長に縋るような目を向けた。

「え、えっと、私がピルを呑めばいいんですかね？」

男性である係長に聞くべきことではない気もするけど、忠告してくれた彼にアドバイスを求めてそう尋ねた。

だけど係長の返答は、私を恐怖のどん底に突き落とした。

「いや、たとえ上条がピルを呑んだとしても、あいつが相手となると百パーセント安全とは言えねぇな」

ああ、ピルをすり替えるくらいやりそうですもんね、あの人なら。

――って、それじゃ意味ないじゃん！

「じゃあ、私はどうしたらいいんですか？　ゴムも危険、ピルも意味を成さないんじゃ、私は何をどう気をつければいいんですか?」

ちなみにヤらないのが一番の避妊法だと思うけど、彰人さん相手にそれは絶対無理だ。

「上条」

係長が静かに呼びかけてくる。彼は真剣な目で私を見据えた後、不意にあさっての方を向いて言った。

「すまない」

それは私には、「諦めろ」と聞こえた。

ちょ、ちょっと、ちょっと……

私の背中に冷や汗が浮かぶ。

「まさか、あいつがこれほどお前に執着するとは、夢にも思わなかったんでな。とにかく、これは忠告だ。他の男にふらふらしたり、いい顔したりするなよ。そういう時が一番危ない。――あいつにつけ入る隙(すき)を与えないようにしろ」

「……わ、分かりました」

他の男にふらふらなんてしてないし、いい顔もしてないのに。そう思いつつも、私は頷いた。

とにかく、彰人さんに嫉妬(しっと)させるようなことをするなってことでしょ?

そういう時の彰人さんが一番危険なのは、十分承知している。

同期の柏木(かしわぎ)君と立ち話していただけで、仕事帰りに拉致(らち)され『お仕置き』されたこともある。柏木君に嫉妬してるのは分かったけど、どうして柏木君相手に嫉妬するのか、さっぱり分からなかった。でも川西さんから、こう諭されたのだ。

「上条ちゃんだって、課長が同期の女性と仲良さそうに話してたら、面白くないでしょう？　それがお互いになんとも思ってない相手だとしても。……というか、その柏木って子、多分上条ちゃんのこと……ううん、なんでもない」

と。最後の言葉は意味不明だったけど、一応は納得したんだっけ。

私が遠い目をしながらそれを思い出していると、水沢さんがつぶやいた。

「課長ってば、やっぱりそういうタイプだったんだ」

すると川西さんが頷く。

「まぁ、相手が上条ちゃんの場合だけだけどね」

「恋愛に関してクールだった昔の課長は、どこ行っちゃったんでしょうね」

浅岡さんがそう言えば、これにも川西さんが答えた。

「上条ちゃんに、その仮面を破壊されちゃったんでしょう」

「元々そういう性質だったんだろうな。それが上条と付き合うことによって表に出てきたんだよ」

係長まで女性陣の会話に加わっている。

なんか、彰人さんが嫉妬深くなったのは私のせいみたいな台詞が聞こえましたよ？

……理不尽だ。捕まったのは私の方なのに、私のせいで彰人さんが壊れたみたいに言われるなんて。

「まぁ、私は前の課長より、今の方が好きだけどね。見てて面白いし。……で、話を元に戻すけど」

いきなり話をまとめて、しかも急に口調を変えた水沢さんに、私はドキッとした。

「課長のアレは大きいってことでいいのよね？」

「またですか！」

またアレの話題に戻ったよ！　しかも、なぜ私に聞いてくるのですか水沢さん？

私には判断がつかないって言ってるのに！

「だから、通常時の大きさがあの時の大きさに比例するとは限らないと言っただろう」

そう言ったのは係長だった。

「それに、通常時の大きさはわりと本人のガタイの大きさに比例したりするぞ？　太っているやつはアレも太いと聞くし。俺も課長も背が高くて、わりとがっしりしているから……」

つまり、身体が大きいから通常時のアレも大きいだけなんじゃないか、と。

そ、そうなのか……って、また別に知りたくもないことを知ってしまった……

「えー？　じゃあ、大きいかどうか分からないじゃないですか！」

「だから、最初からそう言ってるだろう」

「だけど明美、元々大きいのが膨らんだら、それはやっぱり大きいんじゃない？」

「あ、そうか」

水沢さんが、ぽんっと手を打つ。

すると、浅岡さんがテーブルの上に身を乗り出した。

「ということは、やっぱり課長のは大きいってことになりますね」

「だから、そう勝手に決め付けるなって」

ああ、テーブルを挟んで居たたまれなくなるような会話が展開されてます。……私の恋人のアレの大きさについての話題が。

本人が普通だって言ってるんだから、普通でいいじゃない……

そう思うのは私だけですか!?

「それになぁ、大きければいいってもんじゃないんだぞ。問題は硬さだ、硬さ。それと持久力!」

いきなりそんなことを言った係長に、私は眩暈(めまい)がした。

硬さと持久力……つまり、アレがどれくらい硬くなるのかと、どこまで我慢できるのかが重要ってこと?

彰人さんのアレの硬さ……

また脳裏にアレが浮かびそうになったので、私はしっしっとその想像を追い払った。

ダメだダメだ！　考えてはいけない！

そんな私をよそに、水沢さんが係長の発言に食いつく。

「硬さかぁ！　確かにそれも大事ですよね。そういえば、日本人は大きさに関しては劣るけど、硬さは世界トップクラスだと聞いたことがあるわ」

「ああ、外人のって大きいけど柔らかいらしいわね」

「日本人のは膨張率も高いらしいですよ」

ああ、また話がおかしな方向へ行っている。しかも、この流れは――

「ねぇ上条ちゃん」

「課長のはどうなの？」

「上条さんは、どう思ってる？」

「あ、俺もそれ聞きたいかも」

四人の視線が、一気にこっちにキターーーー！

思った通りの流れになり、私はテーブルにガンガンと頭を打ちつけたくなった。

だから、私に聞かれても分からないんですってば！

私は首を思いっきり横に振る。

「私には比較できるものがないから分かりません！」

そのとたん、渋い顔をする女性陣。

「チッ、これに関してもか」

「やっぱりねぇ」

「そう言うとは思いましたけど」

口々に言われ、私はムッとする。

だったら最初から聞くなとツッコミ入れてもいいですか？　いいですか？　いいですか⁉

「比較対象ねぇ。確かに上条は、課長以外の男を知らないもんな」

係長はそう言うと、私を見てにやりと笑った。

私は、うっと身構える。この顔をした係長はろくなことを言わないって、経験上分かっているからだ。

そして、案の定――

「なんなら、俺のを見てみるか？　そうすりゃ課長のと比較できるだろう？」

なんて、いかにも楽しそうな口調で係長は言った。

……これはセクハラではないでしょうかね。

そう思ったのは、私だけではないらしい。

「セクハラかい！」

と叫んだ川西さんが、隣に座っている係長を叩こうと手を伸ばす。その手が係長の後頭部にヒットした時、休憩室のスライドドアが開く音がした。

私たちがドアの方を見るよりも早く、艶(つや)やかなテノールが聞こえてくる。

「それ以上言ったら、お前の顔の形が変わると思え」

それは、私が誰よりもよく知っている声だった。

その声が熱で掠(かす)れるのも、情欲に濡れた響きを帯びるのも、私だけが知っている。名前を呼ばれるだけで、腰がズクンと疼(うず)いてしまう、そんな声の持ち主を、私は彼しか知らない。

仁科課長――本名は佐伯彰人さん。私の許婚(いいなずけ)であり、婚約者であり、上司であり、そして恋人でもある人。

だけど、だけどね？　今ここでは会いたくなかったです――――！

私は振り返りもしないで、またもやテーブルに顔を伏せた。

――彰人さんに今の話を聞かれた！　おそらくずっと彰人さんのアレについて話してたのも、悟られてる！

そう思ったら、とてもじゃないけど彼の顔を見られなかった。

背中に嫌な汗をかきながらテーブルに伏せる私の耳に、慌てる係長の声と、静かだけれどやけに冷たい彰人さんの声が聞こえた。

「あ、彰人！」

「誰かさんがなかなか会議室に来ないから、探しに来てみれば……こんなところで人の婚約者にセクハラか……？」

「いや、冗談に決まってるだろう……って、お前目がマジだぞ、恐(こえ)ぇよ！　……悪かった！　悪かったから怒るな！」

「冗談でも二度と言うな」

「……分かりました。って、そういや午後一で会議があったっけ」

「そう。その準備があるから、昼休みが終わる少し前に会議室に来いって言ったのも忘れたか……？」

「……すみません、思い出しました。準備は？」

「俺一人で終わらせた」

「わぁーお。……返す返すも申し訳ありませんでした」

「まったくだ」

顔を見なくても、二人がどういう表情をしているのか分かった。

きっと彰人さんはにっこり笑いながら静かに怒っていて、係長はばつの悪い顔をしていることだろう。

それにしても、係長ってば会話に夢中になって、会議のことをすっかり忘れていたなんて。

……もっとも、私もその会議の時にお茶を出すよう頼まれていたのを忘れていたから、人のことは言えないけど。

「時にお前、いつから俺たちの話を聞いていた？」

「お前が硬さだの持久力だのが大事だと主張していたあたりからだ」

ぎゃああ、と内心悲鳴をあげて、私はテーブルに突っ伏したまま手で顔を覆った。すると、自分の顔が熱を持っているのが分かる。

だって、係長が硬さだの持久力だの言った後、私、みんなから彰人さんのはどうなのかって詰問されたもの！

こりゃ絶対気付かれたよ！　彰人さんのアレを話題にしていたことを！

……もうダメだ。誰か私を、今すぐこの世界から消して欲しい。

その時、顔を伏せたまま「うおぉぉぉ」と身悶える私の頭に、不意に温かいものが触れた。その温かいものが、私の頭を優しく撫でる。

なじみのあるその感触に、私はピタッと動きを止めた。

――彰人さん……

よしよし、と慰めるように撫でられ、私はホウッと息を吐いて身体の力を抜いた。

よかった。彰人さん、怒ってないみたい。自分のアレが話題にされてたって気付いてるはずなのに、みんなから詰問された私を気遣ってくれている。

そう思って胸がジーンとした、その時だった。

「そうよ！　本人にズバリ聞けばいいのよね！」

そんな水沢さんの声が聞こえてきて、私は再び硬直した。

ま、まさか、まさか――水沢さんってば、彰人さんに直接アレの大きさを聞くつもり……？

そおっと目線を上げて周囲を窺う私の目に映ったのは、私の背後に立つ彰人さんと、彼に真剣な眼差しを向けている水沢さんの姿だった。

「課長！　聞きたいことがあります！」

ぎゃあ！　やっぱり！

「何かな？」

私の頭から手を離して、穏やかに応える彰人さん。

水沢さんがこれからしようとしている質問の内容を察しているのか、それとも分かっていないのか、その様子から判断することはできなかった。

そんな彰人さんに、水沢さんは尋ねる。

「夜の営（いとな）みに使う課長のアレは、大きいんですか？　それとも小さいんですか？」

「……！」

彰人さんと水沢さんを除く全員が息を呑んだ。

――い、言った！　言っちゃったよ、本人に!!

「あんたすごいわ、明美」

川西さんが、呆れているとも感心しているともつかない声でつぶやいた。

「勇者だな」

「勇者ですね」

係長と浅岡さんも同意する。

そして、その勇者様の発言を聞いた魔王――もとい彰人さんに、みんなが一斉に視線を向けた。

私も恐る恐る振り返ってみたら、そこには意外にも平静そのものといった感じの彰人さんの表情があった。

その顔には驚きも怒りも、困惑すらも見当たらない。ただいつもの柔和な表情が浮かんでいる。

もしかして、質問の意味が分からなかったのかな？　アレというのが彰人さんの……ええと、男性器を指しているって、理解できなかった？

一瞬そう思ったけど、それは違ったようだ。

「昼間に会社で聞くようなことじゃないと思うんだけどね？」

彰人さんが口にした言葉で、彼が質問の意味を理解していることが分かる。

それでいて、柔和な表情を崩さないなんて……さすがに何年も巨大な猫を被ってきただけのことはありますね、彰人さんっ。

「昼休みだからいいんです！」

「ガールズトークってやつなんだとさ。お前のアレの大きさが今日の議題らしい」

水沢さんの言葉をフォローするように係長が言う。だけどにやにやしていて、面白がっているのは一目瞭然だった。

ちょ、係長の言葉も勇者のそれに匹敵するくらい無謀だと思うんですけど！　もっとこう、オブラートに包むとかできないのかと私は言いたい！

ところが真実を知りたいあまり、羞恥心(しゅうちしん)をどこかに置き忘れたらしい勇者様は、あくまで勇者様だった。

「大きさを知りたいんです。この場で唯一それを知っている上条ちゃんは、課長のしか見たことがないから大きいのか小さいのか分からないと言うので、ここは一つ、ご本人にお聞きしたいと思いまして！」

私は眩暈(めまい)を感じた。

勇者様――じゃなくて水沢さん、何があなたをそんなに駆り立てるのでしょうか……？　呆れと困惑と驚愕(きょうがく)を通り越して、ある意味感動すらしてきた私だ。

「答えてやれよ、彰人」

田中係長が笑いながら、水沢さんを指差した。

「でないと、こいつはずっとしつこく聞き続けるぞ」

「だろうな」

彰人さんは軽くため息をつく。

「どうしてそんなに人のものの大きさを知りたいんだか、理解に苦しむが……」

うむ、同感。と私は内心頷いた。ところが――

「えー、知りたいわよね？」

「知りたいわね」

「知りたいです」

他の女性陣は違うようだった。どうやら私は少数派(マイノリティ)らしい。

ふぅと、彰人さんが再び軽くため息をついた。

「仕方ないな……」

そして、やれやれというように小さく肩をすくめると、「大きさねぇ……」とつぶやく。

五人の視線を一身に集める中、ちょっと上を向いてしばし思案したのち、彰人さんはにっこりと笑った。

「普通の大きさだよ？」

——絶対嘘だ。

この場にいる全員が、そう思ったに違いない。もちろん私もだ。

その笑顔、非常に胡散臭(うさんくさ)く感じてしまうんですが、気のせいですか、彰人さん！

い、いやいやいや。待って、私！　恋人があぁ言ってるんだから、私くらいは信じてあげなきゃ！　絶対標準より大きいでしょ！　とか思っちゃダメだ！

脳内でそんな葛藤(かっとう)をしている私をよそに、女性陣は彰人さんを胡乱(うろん)げに見つめていた。

だけど、上司に対して「それは嘘だ！」と異議を申し立てることは、さすがの皆様にもできないようだ。

その代わり、彼女達の視線は若干非難めいたものになっている。それに気付いた彰人さんは、更ににっこり笑って言った。

「少なくとも俺はそう思ってるよ。それに、大きさというのは相対的なものだろう？　基準や比べるものがあってこそ成り立つ言葉だ。俺は他の男のモノ――水沢さんが言うところの『夜の営みに使う』状態のモノは見たことがないからね。比べるものがない以上、大きさは判断できない。だから『普通』という言葉を使ったまでだ」

何か異論はあるかい？　と笑ったまま首を傾げた彰人さん。そんな彼に対して、もう誰も何も言うことが出来なかった。

さ、さすが、彰人さん……周囲を言葉巧みに煙に巻くその技術、私には到底真似できない。

沈黙してしまった私たちを見て、彰人さんはわざとらしい笑みを消した。

「分かってもらえたところで、そろそろ昼休みも終わるから、会議室に戻ることにするよ。君たちもそろそろ部署に戻った方がいい。雅史、お前は会議室に直行」

「へーい」

軽い口調で返事をしながら、田中係長は椅子から立ち上がる。

その時、水沢さんがまたしてもこんなことを言った。

「まだ聞きたいことがあります！　課長が使っているコンドームのサイズはなんですか？」

私は心の中で「ぎゃあ」と悲鳴をあげた。ゆ、勇者様、まだ諦めてなかったんですね？

「コンドームのサイズ？」

一瞬だけ目を丸くした彰人さんは、なぜか田中係長の方を向いて、こう言った。

「雅史、お前の使っているコンドームのサイズは？」

「標準。Ｍだな」

係長があっさり答える。彰人さんはそれに頷いた。

「そうか。俺も標準だ。……ゴムだからな」

「ああ、そうだよな。ゴム、だもんな」

にやりと笑う係長。彰人さんもにっこり笑って言った。

「ゴムは伸びるからな」

「そそ。伸びるから、Ｍならどんなサイズでも大抵ＯＫだよな」

やっぱりゴムって伸びるものなんだ。そして、彰人さんの持ってるコンドームのサイズは標準なのね。よし覚えた！

……なーんて、のほほんと思ってる場合じゃなくて！

この意味深な会話は一体何？　ゴムだから伸びてどんなサイズでも大抵はＯＫだなんて、まるで、まるで——

私は慌てて首を横に振った。

その結論には達したくない！　そりゃあ、小さいよりは大きいほうがいいに決まってるけど！

でもでもでもでも！

……心情的には普通がいいんです、普通が！

「というわけで、大きさも避妊具も標準だからね」

にっこり笑顔を私たちに向けて、彰人さんは言った。

いや、絶対違うだろう！

――と、この場にいる女性全員が心の中でツッコミを入れたと思う。

だけど、有無を言わさない口調で結論付けた上司に、誰も反論することができなかった。

「結論が出たから、この話題はこれで終了。それじゃあ、俺たちはもう行くから」

そう一方的に話を締めくくられ、私たちは上司二人が連れ立ってスライドドアに向かうのを黙って見守るしかなかった。

――が。

彰人さんがドアを開けたその時、勇者様が立ち上がった。

「最後に一つだけ！　硬さと持久力はどうなのか教えてください！」

……水沢さん、本当に何があなたをそんなに駆り立てるのでしょうか。

女性陣＋田中係長が固唾を呑んで見守る中、部屋を出ようとした魔王……じゃなくて彰人さんは、勇者様の言葉にゆっくりと振り返った。

眼鏡の奥にあるのは、爽やかなのに、どこか胡散臭い（ように私には見える）笑顔。

その笑顔のまま、彰人さんは告げた。

「それは、ご想像にお任せするよ」——と。

てっきり、また比べるものがないとか普通だとか言い出すものと予想していた私は、「え？」と言いながら目をパチクリとさせた。水沢さんたちも同様だった。

そんな女性陣の反応を見て、彰人さんは胡散臭くない、本当の笑みを顔に浮かべる。

「それじゃあね」

そして軽く手を上げると、クスクス忍び笑いを漏らしている田中係長を連れて、休憩室を出て行くのだった。

スライドドアが閉まり、二人の足音が遠ざかっていく。

その間、私たちはずっと無言だった。

やがて足音も気配も完全に消えた後、水沢さんが、がくっと膝を折るようにして椅子に腰を下ろす。

「やられたわ！　これじゃ結局、真相は分からないままじゃない！」

「さすが課長ね。それまで普通だとか標準だとか主張してたのに、最後になって意味深なことを言い出すなんて」

「完全に煙に巻かれましたね」

川西さんと浅岡さんは、どこか感心したような口調で言った。

私も、あのスキルはさすがだと思う。私には永久に習得出来そうもないスキルだ。

だけど、同時にこうも思う。彰人さん……絶対Sだ、って。

標準だとかなんとか言いながら、意味深な発言をして、こっちが勘ぐりたくなるように仕向けるだなんて。

そう。一種の放置プレ……って、あわわわわわ！

ダ、ダメ、ダメ！　みんなの前で、これ以上変なことを考えちゃダメ！

「あーあ、せっかく上条ちゃんが課長といい仲になってくれたから、ついに真相が分かるかと思ってたのに」

力なくため息をつく水沢さんを、川西さんが慰（なぐさ）める。

「そう落ち込みなさんな。今までの話を総合すると、標準よりは大きいっていうのが正解に近いんじゃないの？　本人たちも、暗にそんなことを言ってたみたいだし？」

その言葉で、水沢さんは何かを思い出したらしい。ハッとしたように顔を上げて川西さんを見る。

「そういえば貴美子（きみこ）。彼氏のコンドームのサイズは標準だって言ってたわよね？」

「ええ。本人もそう言ってたでしょう？」

「……参考までにお聞きするけど、大きさはどう？　あなたから見てどう感じる？」

川西さんが目を見張った。もちろん私もだ。

わあわあわあわあ！　水沢さんってば、今度は川西さんを標的に!?

だけど、さすが川西さん。驚いていたのは少しの間だけで、水沢さんの質問にも平然と答えた。

「それも、さっき本人が暗に言ってたでしょ？　大きいわよ。少なくとも今までの彼氏の中では一番ね」

「でも、標準のサイズのゴムが入るんだ？」

「入るのよね、それが。時々私もつけてあげてるから、これは本当よ。二人が言ってたように、確かにゴムは伸びるし、標準のサイズといっても適用範囲は広いと思うわ」

わーわーわーわー！　なんちゅー生々しいことを！

……で、でも係長のって大きいんだ……少なくとも今まで川西さんが付き合った男性の中では。

そこまで考えて、私はさーっと青ざめた。

じゃあ、彰人さんは……。その係長より立派なモノ（通常時）をお持ちだという彰人さんは……

「それでいくと、やっぱり課長のも大きいってことになるわよね？」

「なるわね」

「なりますね」

デスヨネ！　やっぱり誰でもそう考えますよね！　私もです、コンチクショー！

「だけど、確かに田中係長が言ってた通り個人差があるから、通常の大きさと勃った時の大きさが比例しないということもあり得るわよね」

「あり得るわね」

「あり得ますね」

ん？

「そうなると、やっぱり大きいのか、それとも本人の言う通り標準の大きさなのか、白黒つけたいわよね？」

「つけたいわね」

「つけたいですね」

なんか、とても雲行きが怪しいような……？

「よし！　上条ちゃん！」

「へ？」

いきなり呼びかけられて間抜けな声を出す私の両肩を、水沢さんがガシッと掴(つか)んだ。

その目はものすごくマジだった。

「大きさ、測(はか)ってくるのよ！」

「へ……？」

「今日、金曜日よね？　上条ちゃんが課長にお持ち帰りされる日よね？」

「……確かに今日は金曜日ですけど、お、お持ち帰り？」

「じゃあ、課長に食われるわよね、当然」

「く、食……っ！」

「そしたら当然、課長のアレも見るわけよね！」

「……」

思わず絶句した私は、その次に水沢さんが発した言葉で、思考力すら失うハメになる。

「その時に測(はか)るのよ、課長のアレの長さと太さを！」

「……」

「具体的な数値さえ分かれば、もう普通だの標準だの適当なことは言わせないわ！　日本人男性の平均値より大きければ、それはすなわち大きいってことよ！」

叫ぶ水沢さんに、川西さんが冷静に言う。

「明美、さすがにそれは無理なんじゃない？　課長が大人しく測らせてくれるとは思えないし」

「そうですよ。それに寝室にメジャーを持ち込んで、なおかつ挿入(そうにゅう)の寸前に大きさを測るなんて芸当、上条さんにはできませんよ」

そう言った浅岡さんに、水沢さんがチッチッチと指を振ってみせた。

「何もメジャーを持って、『今から測ります』なんて言う必要はないのよ。目測なら、上条ちゃんにだってできるでしょう？」

すると、川西さんと浅岡さんは顔を見合わせた。

「それなら出来るかもしれないわね。まぁ、おおよその大きしか分からないけど」

「直前に基準となる長さがどれくらいかを目で確認しておけば、それより長いか短いかくらいの判断はできそうですね」

三人は頷き合うと、いきなり私の方を向いて口々に言った。

「上条ちゃん？　そういうわけで、目測で頼むわね？」

「頑張ってね、上条ちゃん」

「しっかりね、上条さん」

みんなに笑顔で言われた私はキョトンとした後、言われたことをようやく理解した。

測るって……彰人さんのアレの長さと太さを……!?

「む、無理ですーーー！　却下ーーーー！」

休憩室に、私の絶叫が虚しく響き渡った。

——それは初秋のある金曜日の、昼休みの出来事。

＊＊＊

午後、ぐったりした気分で仕事を終わらせた私は、残業があるという彰人さんより先に帰宅の途についた。メールが届いているのに気付いたのは、自分の部屋に着いてからだった。

差出人は彰人さんだ。私が会社を出た直後くらいにメールをくれたらしい。

残業が長引きそうだから、彰人さんの部屋で待つように——とか、そういう内容かな。

そう思いながら気軽にメールを開いた私は、ピシッと固まった。

『雅史から聞いたけど、昼休みにガールズトークとやらで色々教わったんだって？　今夜が楽しみだな。ちゃんと実践してもらうからね？』

ガールズトークで色々教わったこと⁉

必死に記憶を探ってみたけど、思い出せるのはコンドームにはサイズがあるとか、通常時の大きさと勃った時の大きさは比例しないとか、身体の大きさとアレ（通常時）の大きさには関連がありそうだとか……

そんな日常生活にはまったく必要ない知識ばっかりだよ？　実践って、一体何？

——田中係長、あなた、彰人さんに何を言ったんですか⁉

今夜が楽しみって言われても、実用的なことは何一つ教わってないんですけど——

「えええええ⁉」

部屋中に、困惑する私の叫び声が響いた。

「田中係長から一体何を聞いたんですか⁉」

彰人さんが帰ってくるなり、玄関先までダッシュして出迎えた私は「お帰りなさい」を言う前にそう詰め寄った。まだ靴を脱いでもいない彰人さんに。ええ、胸倉を掴む勢いで。

「ガールズトークでは、ちっとも実践的なことなんて教わってないですっ。本当です！」

そう必死に訴える私の背中を、どうどうと荒馬を宥めるように撫でながら、彰人さんはにっこり笑った。

「では、なんの話をしていたのかな？　リビングで全部話してくれ」

後から考えると、あの笑顔は要注意だったと思う。だけど、『実践』を回避するべく必死だった私はそれに気付かず、昼休みに話したことを洗いざらい話した。いや、白状させられたのだ——巧みな誘導尋問によって。

言い訳にしかならないけど、その時の私は田中係長が彰人さんにあることないこと吹き込んだに違いないと思っていたのだ。ガールズトークで出た話題のほとんどを、面白おかしく伝えたのだろうと。

だから、私も覚えている限りのことをばか正直に白状してしまった。

もちろん、避妊に関しては彰人さんを信用するなと田中係長に忠告されたことと、水沢さんたちから課長のアレの長さを測れと言われたことだけは、決して話さなかったけれど。

そして、その二つのこと以外を全て白状させられた後、彰人さんが呆れたように言った台詞に、私は固まった。

「やれやれ、会社の休憩室でそんなことを話していたのか。まったく、君に余計なことを吹き込んで……暇人共め。とにかく、これで全容が分かったよ。雅史は俺のアレの大きさが話題になっていたとしか言わなかったからな」

……なんですと？　田中係長がアレコレ要らぬことを言ったわけじゃなかった……？

そこまで考えて、私はハッとした。

「あ、あのメール、デタラメだったんですね⁉」

そうだ。そうに違いない。田中係長がガールズトークの内容を詳しく話さなかったというのなら、彰人さんがあのメールを送ってきた意味はただ一つ。私を動揺させて、昼休みに話したことを全部白状させるためだ。普通に聞いても、私は恥ずかしがって簡単には口を割らないと思ったのだろう。私がソファの隣に座る彰人さんを睨みつけると、彼は私を見下ろし、にっこり笑った。その笑顔が真実を物語っている。

――騙された！

「酷い！」

「ごめん」

彰人さんは怒る私に、ちっとも、全然、まったく、これっぽっちも悪いと思っていない口調で答えた。

だけど、怒ったり拗ねたりしている私を宥めるのも、この人にはお手の物。私がキスされたり、触られたり、餌付けされたりしている間に、いつの間にかその話はすっかりうやむやになっていた。

まぁ私としても、係長に忠告されたことと、アレの大きさを測れと厳命されたことを話さずにすんで、ホッとしたのは事実だけど。

このまま彰人さんに知られずに、こっそり目測で測ればＯＫ！　とも思っていた。

今はそんな自分に呆れている。たとえこっそりでも興奮状態のアレをまともに見るなんて、今の私の恋愛スキルではまだまだ無理だってことを、分かっていなかった。

ちらっ。ちらっ。

そうやって窺いつつも直視はできなくて、すぐに目を逸らしてしまう。目を逸らしたところで、脳裏に焼きついているんですけどね……

まぁ、その残像を目測できたら万々歳なんだけど、はっきり言って無理。やっぱり無理！

そ、それに、彰人さんのアレって今の状態でも十分大きい気がするけど、まだだよね？　もっと大きくなる……よね？

ちらっ。

「まなみ、何を見ているのかな？」

挙動不審な私に、全ての衣服を脱ぎ終わった彰人さんが声をかけてくる。私はすでに全裸で、ベッドの上にぺたんと座り込んでいる状態だ。

いつものようにあちこち触られたり歯を立てられたり揉まれたりしながら服を脱がされ、ベッド脇に立つ彰人さんが自分の服を脱いでいるのを眺めていたんだけど――

いつもは恥ずかしがって目を逸らしている私がちらちら見てたら、そりゃおかしいと思うよね。だって彰人さんってば脱いでいる間も、私の方をガン見しているんだもの。

あああ、だから私には無理だって言ったんですよ、水沢さん！

思わずビクッとなった私は、慌てて笑顔で言った。

「なんでもないです。何も見てませんから！」

い、言えない。あなたのアレの大きさを目視で測(はか)ってくるように言われたなんて、口が裂けても言えない。

というか、彰人さんがそれを知ったら絶対測らせてなんかくれない。だから、このミッションのポイントはいかにそれを知られないで、ええと、その……アレを見るかってこと。

だから、さっき尋問された時だって、このことは黙っていたのだ。

なんでもないと否定する私に、自分の服を全て脱ぎ終えた彰人さんがクスリと笑う。なんだか妙に色気のある笑いだ。

「昼休み、ガールズトークでこれの話をしたから、気になるの？」

彰人さんが自分の下半身に視線を落としてそんなことを言うものだから、つい私もつられて視線を落としてしまい——

わ、わわわわわ！

慌てて顔を背(そむ)けてしまった私を、誰か叱って欲しい。

今ばっちり見ていれば、目測できたかもしれないのに！　って思ったけど後の祭りだ。今さら視線を戻す勇気はない。

ごめんなさい、水沢さん！　やっぱり私には無理でした！

顔を真っ赤に染め、あさっての方を向く私の耳に、クスクスという笑い声が聞こえてくる。

「またこれの大きさを聞かれた時のために、よーく見ておいた方がいいんじゃないのか？」

「……え？」

ドキッとした。もしかしたら、測れと言われたことも知ってるんじゃないかと思って。

い、いや、水沢さんたちに測るように押し切られたあの時は、もう課長と係長は会議室に向かっていたから、聞かれているわけがない。

でも休憩室と禁煙室の壁は薄くて、大きい声は筒抜けだという。あの時誰かが聞いていて、彰人さんに教えたってことも考えられる。

そこで、あの話を第三者に聞かれたかもしれないことに思い至り、私は横を向いたままダラダラと冷や汗をかく。そんな私に、彰人さんは優しげな口調で言った。

「彼女たちが、あれで諦めるとは思えないんだよね。……まなみ、あれから何を言われた？」

ちょ、「何か言われた？」ではなくて「何を言われた？」ですか、彰人さん。何か言われたことは確定ですかっ。確かにその通りだけど！

……ヤバイ。ごまかさなければ！

「別に何も言われてませんよ？　あれからすぐフロアに戻りましたし」

私は平静を装い、彰人さんの顔を見ながら言った。横を向いているより、こうした方が信憑性があると思って。

だけど、顔を見たことをすぐに後悔した。だって、笑顔でこちらをじっと見下ろす彰人さんと目が合ってしまったから。

ひぃ！

彰人さんは顔に笑みを貼り付けたまま「ふーん？」と言った後、私の顎を掴んで、ずいっと顔を寄せてきた。

誰もが振り返らずにはいられない精悍な美貌が目前に迫り、私はドキドキ……するはずが、恐怖のために心臓はドキドキというよりバクバクだ。

「隠さなきゃいけないようなことを言われたのか」

「い、いえいえ、滅相もない！」

ああ、さり気なく否定するつもりが、どうしてこう動揺が声に出てしまうのか。隠し事にはまったく向かない……そんな自分が憎い。

案の定、私の胡散臭い笑顔と否定の言葉になど騙されてくれなかった彰人さんは、更に顔を近づけてきた。私の唇に、息がふっとかかる。

「まなみ、さっさと吐いた方が楽だと思うよ？」

笑顔のまま、唇と唇の間が数ミリしかないと思われるくらいの近さで、そんなことを言われた私は――陥落しました。ええ、あっさりと。

どうしてこの人は笑顔で、しかも優しげな口調なのに、こんなに威圧感を出せるんだろうか。

あっさり白旗を上げる自分に心の中で涙した。

「え、えっと、どうしても知りたいらしくて、目視で測れと言われまして……」

私は両手の人差し指を胸の前でぐりぐりと回しながら、ついに白状した。

私の話を聞いた彰人さんは、ベッドに腰を下ろしながら、やれやれと深いため息をつく。

「どうしてそこまで人のものの大きさを知りたがるのやら」

激しく同感です、彰人さん。

心の中で頷いていた私の顔を、彰人さんが急に覗き込んでくる。

「それで、まなみは？」

「はい？」

「君も他の男のアレが気になる？　例えば雅史のアレの大きさとか」

一体何を聞いてくるのかと思ったら……

私は首を横に振った。

「いいえ、まったく」

「全然気にならないの？」

「なりません」

まぁ、私の……その……あそこに入ってくる彰人さんのアレが普通より大きいのか小さいのかは、ものすごく気になるところだけど。だからといって、係長のアレの大きさを知りたいとは思わない。

ましてや、それを見たいなんて思うわけがなかった。

だって、私には関係のないことだから。

「そう」

彰人さんはそうつぶやいた後、顔を綻ばせた。

それは作り笑顔ではない、本物の笑顔だった。――でも。

「よかった」

そう笑顔で言う彰人さんを見て、なにやらものすごい危機を脱したような気がしたのは……それこそ気のせいだと思いたい。

「他の男の人のアレも気になります」なんて言ってしまった日には、その後に何が待っていたかなんて想像したくない！

思わずぶるぶると震えた私の額に軽いキスを落として、「寒い？」と聞く彰人さん。私は慌てて首を横に振った。

寒いんじゃなくて、恐いんです……なぜか「お仕置き」という単語が頭に浮かんできまして！

「ところでまなみ」

恐い恐いと心の中でつぶやいていた私は、不意に名前を呼ばれて顔を上げた。

「そんなに知りたいなら、測らせてあげようか？」

にっこり。そんな表現がぴったりな笑みが、彰人さんの顔に浮かんでいた。

「え、本当ですか？」

どどど、どういう心境の変化だろうか。だけど測らせてくれるというなら……も、目視じゃなくて……

「メ、メジャーとか使ってもいいですか？」

なんて勢いで聞いてしまった私は、うっかり失念していたのだ。彰人さんのにっこり笑顔には要注意だってことを。

「いいよ」

彰人さんの笑みが更に深くなる。

え？　マジで測らせてくれるの？　しかもメジャーで！　ダメ元で言ってみただけなのに！

でも考えてみたら私、メジャーなんて持っていない。彰人さんの部屋にはあったかな……？　もしメジャーがなかったら、普通の定規でも測れるものなんだろうか……アレって。

あ、で、でも、長さってどこからどこまで測るんだろう……？

などとアレコレ考えていた私は、続く彰人さんの言葉に固まった。

「ただし——交換条件があるけどね」

「え？　交換条件!?」

そこでようやく、私は彰人さんのにっこり笑顔の意味に気付く。遅ればせながら、一気に警戒モードが発動した。レベルは当然ＭＡＸだ。

私は彰人さんの笑顔を見上げながら、ひくっと顔を引きつらせる。本能が「その交換条件とやらを聞くな！」と全力で告げていた。

絶対まともな交換条件じゃない。この胡散臭い笑顔がそう告げている！

だけど、やめておいた方がいいと分かっていながら、聞かざるを得ないことも分かっている。

私は恐る恐る口を開く。

「ものすごく嫌な予感がしますが……その交換条件とはなんでしょうか……？」

彰人さんは、更ににっこり笑った。そして自分の下を指しながら、こんなことを言う。

「大きさを測らせてあげるよ。……ただし、君がコレを舐めてくれたらね」

――はいぃ？

私の全身がピシッと硬直した。

今、なんて言った？　この人……。舐める……これを？

ま、まさかと思いつつ、彰人さんの指差すものに視線を落としてみれば、そこには大きくなり始めた――ええと、いわゆる半勃ち？　の彰人さんのモノが……

さっきまで直視できなかったそれを、私は見つめた。彰人さんの言葉がショックなあまり、呆然としていたからこそできたことだ。

これを舐める……舐め……っ！

ふっと気が遠くなった。

こ、こ、こ、これを舐めるってーーーー！

昔、高校の友達の家に泊まりに行った時、彼女のお兄さん秘蔵のアダルトビデオをこっそり持ち出し、勉強と称してみんなで見たことがある。その中のとある場面が脳裏に浮かんだ。

女優さんが男優さんの前に跪（ひざまず）いて、アレを口に――。そ、そう、確か――フェラなんとかと言われる行為で……

つ、つまり、そのフェ（言葉にならない）を私にしろと……？

「……っ！」

私はあまりの衝撃に、口をパクパクさせた。
マ、マジですか!?
嘘であって欲しい。そう思いながら顔を上げてみれば、楽しそうに私の反応を見ている彰人さんがいた。どうやら空耳じゃなかったようだ。

彰人さんはあうあう言っている私を見てどう解釈したのか、こんなことを言い始めた。

「おや、言っている意味がよく分からなかったかな？　それじゃあ、言い方を変えようか」

彰人さんはついっと手を伸ばし、私の顎（あご）を掴（つか）んで、親指で唇を優しく撫でる。そしてにっこり笑ったまま、実に楽しそうな声で言った。

「メジャーでもなんでも使っていいよ。その代わり、君がこの口で俺のを咥（くわ）えてくれるのなら、ね」

彰人さんのアレを口で……？　く、咥え……わわわわ！

私は声にならない悲鳴をあげた。

青ざめる私の唇を撫でながら、彰人さんは更に言う。それもさっきよりも楽しそうに。

「それに今の状態じゃ、測っても意味はないだろう？　だから、まなみがコレを大きくしてくれたら一石二鳥だと思わないか？」

ちょ、ちょっと待って！　な、な、何が一石二鳥なんですか!?

そ、そりゃ、今のままだと半勃ちだから、測っても意味ないけど！　ないけど！

触ることはおろか直視すらできない私に、く、口でしろって……ハードル高すぎじゃありませんか!?

顔を引きつらせる私に、彰人さんはにっこり笑顔のまま答えを促す。

「さあ、どうする？　まなみ」

――この瞬間、私には彰人さんが悪魔……いいえ、魔王様に見えました。

そして魔王様はフェ（言葉にならない）をお望みのようです。

さぁ、どうする私？

――って、出来るわけないでしょうが！

「ごめんなさい！　無理です!!」

私はそう叫ぶと、彰人さんの手から逃れようと大きく仰け反り、バランスを崩してベッドに倒れ込んだ。

そしてその体勢のまま、手で顔を覆って叫ぶ。

「無理ですぅ！　ムリ、ムリ、ムリーーーー！」

舐めるの無理！　咥えるのも無理！　口でなんか出来るかーーーー！

「無理」を連発する私の耳に届いたのは、クスクスという笑い声。

「そうか、それは残念」

だけど、残念だと言うわりには、ちっとも残念そうではない声だった。それどころか、相変わらず楽しげだ。

「やっぱり、まなみにはまだ早かったかな。あわよくばと思ったんだけどね」

ん？　まだ早かった……って、え？

手で顔を覆ったまま、私は硬直した。

そ、そのお言葉だと、いつかやらせるつもりだって聞こえるんですけど……？

まさかまさかと思いつつ、そおっと手を外して彰人さんを見上げる。すると、口角を上げて目を楽しげにきらめかせる彰人さんがいた。

ぎゃーー！

心の中で叫んだ私に、彰人さんは更に恐いことを言う。

「まぁ、今回は残念だけど、おいおいね。たっぷり時間をかけて——仕込んであげるから」

彰人さんは艶然と微笑む。その目が一瞬、妖しく光るのを見てしまいました。

ふっと気が遠くなった私を、誰が責められようか。まぁ、すぐ意識が浮上したけど。

し、し、し、仕込むって……！

それって、それって、口でするだけじゃないよね？　そんな気がする！

私、一体、何を仕込まれるの……？

すっかり青ざめ、涙目であうあう言う私に、彰人さんはふっと笑う。

その笑みが艶やかというか色気があるというか、やたらと淫靡に見えて、私はゾクゾクした。……下腹部がズキンと疼いたのは、気のせいだろう。うん。

「……まなみ。その涙目は反則。こっちが我慢できなくなる」

笑みだけじゃなくて、声も掠れ気味で、いやらしい響きがあるのは気のせいだろうか？

「あんまり興奮させられると、君を時間をかけて可愛がれなくなるんだけどね……？」

「……え？」

目に涙を溜めたまま見上げると、またまた彰人さんがふっと笑った。

その目に浮かぶのは、つい先ほどまでの楽しげなきらめきではなくて、明らかな情欲の炎。

「ほら、準備できたよ。君が口でする必要がないくらいに、ね」

「……ふぁ？」

準備？　口でする必要がない？　まさか……！

嫌な予感がして、一瞬身体が固まった。けれど、私は恐る恐る視線を落としていく。

彰人さんの顔から首、胸、そして下腹部にまで視線を走らせ、私は目を剥いた。

「ーーーー！」

思わず言葉にならない悲鳴をあげる。

心の中では「んぎゃーー！」と盛大に悲鳴をあげていたんだけど、声にはならなかった。

——見ちゃった！　直視してしまった！　大きくなったアレを！

青ざめた直後に赤らめるという器用なことを成し遂げた私は、慌てて顔を手で覆った。

でも、時すでに遅く——今しがた見た光景は、はっきり私の脳裏に刻み込まれている。

浅黒く充血したアレが、まるで別の生き物のように反り返っていた。筋肉質な彰人さんの下腹部に、今にもくっつきそうだった。

脳裏からしっしっと追い出そうとしても、いつまでもいつまでもしつこく焼きついて離れない。

うわあああああ！　ってか、なぜ？　さっきまでこんなじゃなかったはずなのに、この短時間で一体何があったの？

彰人さんからは「舐める」だの「咥える」だの「仕込んであげる」だの妖しげなことを言われたけど、言われた私が興奮するならともかく、言った本人が興奮するのはおかしい話だ。

私は彼の言動に青ざめたり赤くなったりしていただけで、彰人さんを刺激するようなことは何一つしてなかったよねぇ？

なのに、どうして彰人さんは興奮しているの……？　何があったの？

はっ！　もしや、私が青ざめたり赤らめたりしているのを見て興奮したとか？

人の涙を見て、反則だとか我慢できないだとか言ってた人だ。十分あり得そう。

……って、どんだけSなの！　Sを通り越してドSだ！　鬼畜だ！

「まなみ、その顔を覆ってる手、外して……？」

優しげな声が降って来る。促すような響きがあって、思わず従いそうになる声が。

でも、騙されてはいけない——相手はドSな鬼畜魔王様なのだ！

私は顔を手で覆ったまま、ぶんぶんと横に振った。

「遠慮します！」

「……君が見てないのをいいことに、色々するかもしれないよ？　例えば——足を開かせて局部の写真を撮るとか、ね」

ひぃぃぃぃぃ！　魔王様が、なんか恐いことを言ってらっしゃる！

でも大丈夫。彰人さんはそんなことはしないと信じてるから。……多分。

「まぁ、冗談はともかく。コレ、目視で測るように言われてるんじゃなかったのか？　まなみ」

「……あ、そうでした」

私は顔を覆っていた手をあっさり外した。そして彰人さんの方をなるべく見ないようにしながら、上半身を起こす。

そこで改めて彰人さんの顔を見上げると、目が合った。興奮しているためか、いささか顔を紅潮させ、情欲に濡れた瞳で私を見下ろす彼と。

なんか……今にも飛び掛かられそうな雰囲気があるのは気のせいだろうか。こっちまで妙にドキドキしてくる。

そういえば、いつも彰人さんが興奮状態になる頃には、こっちはさんざん弄(もてあそ)ばれて息も絶え絶えだものね。ここまで欲望を募(つの)らせた彰人さんを見たのって、もしかしたら初めてかも……？

「まなみ、見ないの？」

彰人さんの顔を凝視してたら、不審がられてしまったようだ。

ええっと、目測ね、目測。……そうだ、一応聞いておこう。

「あの、メジャーで測るのはやっぱりナシですか？」

ダメ元で聞いてみたら、笑顔で却下された。

「ナシ。条件は変わらないよ」

く、口でするのか……

「さぁ、見るなら見る。見ないなら見ない。……そろそろ限界だ」

彰人さんが私を促(うなが)す。最後の方は小さい声だったので、何を言っているのか分からなかったけれど。

「は、はい」

私は頷いて、下を視線にずらし――

すると、反り返った先端が目に飛び込んできて、反射的に顔を背けた。

あ、あれ？

さっきは直視した――というかさせられて、ばっちり目撃したのに。さぁいざ見よう、となったらどうして直視できないの？

じゃ、じゃあ、横目で見るのは……？

そう思って顔を背けたまま、視線だけを彰人さんの方に――

ちらっ。

う、うう。ダメだ。視線を――視線を、彰人さんの胸から下へ動かせません！

ど、どうして？　やっぱりダメなの？

そう内心で嘆いたその時、何かが切れたようなぶちっという音が聞こえた気がした。

ベッドがギシッと音を立てて軋む。

次の瞬間、私はベッドに押し倒されていた。

「え!?」

「まったく――」

突然のことに驚く私の上に乗っていたのは、当然のことながら彰人さんだ。

ベッドに身体を縫い止められて目を見開く私の前に、彼の顔があった。その顔からは、すっかり笑みが消えている。

今、彰人さんの顔に浮かんでいるのは、ぎらついた欲望の色だった。

「すぐにでも襲い掛かりたいのを我慢しているのに、どこまで俺を焦らすつもりだ？」

「え、えええええ？」

いきなり何をどうしたのかと思ったら！　私、焦らしてなんかいないけど？　ただ、アレを直視するのを躊躇しているだけだ。

「もういい。測るのはナシだ」

彰人さんは目を細めて苛立たしげに言う。

「え？　ナシって……ひゃあ！」

抗議しようとした私の言葉は、喉の奥から出てきた悲鳴にかき消された。彰人さんがいきなり私の秘唇に指を這わせたからだ。

「……ひゃ、や、やぁ……！」

ぬるぬるとした蜜を纏わせたその指が、私の花弁を開き、入り口を執拗に撫で上げる。

だけど、そんなことをする必要はない。なぜなら——

「すごく濡れてる」

クスッと笑う彰人さんの唇が、弧を描いた。

わわわわわ！

私は真っ赤になってしまう。

そう。口で咥えろだの仕込んであげるだの言われるたびに、どういうわけだか私の女の部分が疼いて——そのたびに蜜を流していたからだ。

彰人さんのアレをばっちり目撃しちゃった時もそう。身体は私の意思に反して、それを受け入れるための準備を整えてしまう。

だから直視できなかったんだ。恥ずかしいというだけじゃなくて、これ以上自分の身体を刺激したくなくて。

だからなるべく——というか、わざと意識しないようにしてたのにぃ！

「あ、くっ……！」

くぷりと音を立てて、彰人さんの指が突き立てられる。痛みも違和感もなく、甘美な衝動だけが膣とその先にある子宮に伝わり、快感の波となって身体全体に広がった。

「……ああ、んっ！」

私の口から甘い声が漏れる。

「ああ、もうまなみも準備できてるな」

彰人さんが再び淫靡な笑みを浮かべる。私は心の中で「うぎゃー！」と悲鳴をあげた。

「そういうこと言わないでくださ……あああ！」

抗議の言葉がまたもや喉の奥に消える。いきなり指を増やされ、押し広げられる感触に、私は言葉を失った。

口から出てくるのは嬌声だけ。

中に入った指がバラバラに動き始める。探るように、そして広げるように蠢く指の感触に、背筋がぞくぞくと震えた。

「んっ、あ、ああっ……！」

彰人さんの指が、私の感じる場所を擦り上げる。そのお腹側にある一点は、私が特に感じてしまう場所で、彰人さんはいつもそこを的確に探り出し、私を悦楽の渦に叩き込む。

「あ、ぁん、くっ」

そのざらざらした部分を指の腹で撫でられるたびに、腰がビクンビクンと跳ねてしまう。まるで陸に打ち上げられた魚のように。

快感の波が背中を駆け上がった。私の中が蠕動し、彰人さんの指をキュキュと締めつける。そのせいで中で蠢く指の動きを一層感じてしまい、私は追い詰められる。

膣内からトロトロと蜜が溢れて、彰人さんの指を濡らしていった。

粘着質な水音が大きくなり、私の耳に響く。羞恥と身体の奥から湧き出す熱によって、私の身体が赤く染まった。

一度引き抜かれた指が、再び蜜壷に差し入れられる。圧迫感がさっきよりも大きくなり、私は指の本数を増やされたことを知る。

「……んんっ……！」

さすがに三本となると、中はいっぱいいっぱいで、私は思わず息を詰めた。

「ほら、三本一気に入ったよ」

「……あ、や、やぁ、そういうこと……んん、言わない……で」

質量を増した指が抜き差しされるたび、私は喘いだ。

ぐちゅんぐちゅんと水音を立てて出し入れされるその指に、私はどんどん高められ、急速に思考が失われていく。何も考えられなくなっていく。

なのに、彰人さんは——

「大きさなんて測る必要ないよね。そう思うだろう、まなみ？」

この期に及んで、楽しそうに問いかけてきた。

私の返事を期待しているなら、せめてその手は止めて欲しい。

だけど、彰人さんは私の返事を待たず一方的にしゃべる。

「まなみが知るのも感じるのも、この先、俺だけだから」

「……あぁ……んんっ……」

「それに——」

彰人さんが指を奥深くまで差し入れたまま動きを止め、クスクス笑った。

「まなみはわざわざ測らなくても、俺の大きさを知っているはずだよ」

「……ふぇ？」

浅い呼吸を繰り返しながら、私は彰人さんを見上げる。そんな私を見下ろし、彰人さんはふっと笑いを漏らす。

「まなみのここが、ね」

指を入れたまま、彰人さんはぐるりと手を捻った。

「……っ！」

指が肉壁に触れたまま中で回転するその感触に、私の腰が跳ね上がる。

「ああん！」

私の弱い部分を彰人さんの指が掠め、その衝撃に全身が震える。膣内からトロトロと蜜が溢れて、シーツを濡らしていくのが分かった。

喘ぐように息をする私の脳裏に、彰人さんの台詞がぼんやりと蘇る。

今、なんかものすごくやらしいことを言われたような……？

そう考えたのも束の間だった。

「……っあ、い、いやぁ……ああっ！」

抜き差しを再開した指に、思考が絡め取られていく。

「やっ、あ、あぁ、そこ、やぁ……！」

三本の指を出し入れされながら、その少し上にある充血した蕾を弄られる。濡れた指で擦られ、押し潰されて、目の前に火花が散った。

奥からせり上がって来る波に、自分の絶頂が近いことを悟る。

「彰人さん、っん、彰人さん……！」

「ん、イッていいよ、まなみ」

絶頂に達する時は彰人さんの名前を呼ぶように躾けられている私は、シーツを握りしめ、ひたすら彼の名前を繰り返す。

やがて――

「あ、ああっ、彰人さん――！　ああああぁ！」

背中をめいっぱい反らし、私は絶頂に達した。

「ん、はぁ、はぁ……んっ……」

荒い息をしながら呼吸を整えていると、指を引き抜いた彰人さんが、ヘッドボードに手を伸ばす。

その手に握られているのは銀色の包みだった。

私と目が合うと、彰人さんはにっこり笑う。

「標準サイズだからね」

快楽に溶かされ、そのことがすっかり頭から抜け落ちていた私は、一瞬何を言われたのか分からなかった。

ようやく思い出した時は、彰人さんは準備を終えて、私に覆いかぶさっている。

「あ、彰人、さ……」

それ以上は声にならなかった。力を失った足を開かされ、持ち上げられて、トロトロに溶けた秘唇に猛ったものが押し当てられたからだ。

衝撃に備えて目を閉じ、眉間にキュッと皺を寄せる私の耳元で、少し息を切らした彰人さんが言う。

「まなみ。もし今度彼女たちに、俺のこれの大きさを聞かれたら――」

「ふぁ……？」

思わず目を開けると、笑っている彰人さんと目が合った。

「こう言ってやれ――『自分にはぴったりの大きさだ』とね」

そう言うなり、彰人さんは私の返事を聞かず、一気に貫いた。

「あああぁ……！」

彼の言葉を反芻する間もなく、身を反らしてそれを受け入れる。

甘い衝撃と全身を貫く悦楽に、私は身体の震えが止まらなくなった。

そんな私を更に高いところへ押し上げようと、彰人さんがゆっくり抜き差しを始める。最初は私を慣らすためか、浅いところを突いていたのが、やがて深いところまで穿つようになる。その頃には、私はもう何も考えられなくなっていた。

ガールズトークのことも、アレの大きさのことも、何も考えられない。彰人さんが掻き立てるものが、今の私にとっての全てだった。

「あっ、あっ、ああ、んぁ、んんっ」

猛ったものが隘路を押し広げ、蜜を掻き出しながら引き抜かれる。それが膣壁を擦って一気に奥を突き上げ、私はその衝撃と快感にたまらず声をあげた。

「あっ、っあ、ああ！」

奥深くまで差し込まれたまま、小刻みに突き上げられ、ゾクゾクとした愉悦が背筋を駆け上がる。私の内側が蠕動して、彰人さんの楔に絡みつき、きつく締めつけた。

「くっ、……はぁ」――

彰人さんの熱い吐息が耳にかかる。

仕返しとばかりにずんずんと激しく奥を穿たれ、甘い疼きが絶え間なく押し寄せてきた。

「ん、はぁ……！」

私は身を反らし、目に涙を浮かべて嬌声をあげた。

繋がっている部分からどっと蜜が溢れ出す。ぐじゅぐじゅという水音が大きくなり、その淫らな音が私の官能を更に煽った。

肉と肉がぶつかる音が激しさを増す。何度も打ちつけられ、揺さぶられながら、私は身体の奥から何かがせり上がって来るのを感じていた。

「あ、あ、あき、ひと、さん……ひゃあ！」

絶頂の波が押し寄せてくる予感に、私はまた声をあげる。その途端、奥の感じる場所をごりっと擦られ、私の背中が浮き上がった。

「ん、ぁ……あああぁぁ！」

背筋を駆け上がっていく電流のような凄まじい快感に、私は背中を大きく反らして絶頂に達した。甘い痺れが指の先まで広がっていく。

荒い息を吐きながら、私は彰人さんの身体の下でビクンビクンと痙攣した。

「まなみ……」

彰人さんが、私の汗ばんだ額や頬にキスの雨を降らせる。それから腰の動きを再開した。

私の中を埋め尽くす彰人さんの剛直は限界まで膨らみ、解放を望んでいた。

私は彰人さんの首に手を回し、ぎゅっと縋りつく。

彰人さんの動きが余裕のないものに変わる。ずんずんと激しく奥を穿たれて、私は彰人さんの下で大きく身体を揺らした。

「あっ、は、んっ、ぁあ、くっ」

ベッドがギシギシと軋む。

「っ、まなみ……」

耳元で熱い吐息と共に囁かれる言葉は掠れていた。

「あ、あき、ひと、さんっ……！」

私は激しい動きに翻弄されながら、彰人さんにぎゅっと縋りつく。

やがて彰人さんが一際大きく私の奥を突いた。膣内で、彼の剛直が更に膨らんだのが分かる。

「くっ……！」

彰人さんが私を掻き抱きながら、ぐっと歯を食いしばる。

次の瞬間、彰人さんの欲望が弾け、熱い飛沫が放たれるのを私は感じた——

やがて顔を上げた彰人さんは、必死に呼吸を整えている私を見下ろし、にやりと笑った。

「ね、言っただろう？　ぴったりの大きさだって」

＊　＊　＊

週明けの月曜日。

「どうだった!?　測れた!?」

朝、私の顔を見るなりそう聞いてきた水沢さん。私は首を横に振った。

「ダメでした……」

「くぅ。やっぱり上条ちゃんにはハードルが高かったか……！」

顔をしかめる水沢さんに、私は土日の間、何度も覚え込まされた台詞(せりふ)を口にした。

「で、でも！　ええと、正確な大きさは分かりませんでしたが——私にはぴったりの大きさ、ですよ」

言った！　教わった通りに言えましたよ、彰人さん！

思わず心の中でガッツポーズをした私は、ぽかーんとした顔で私を見つめる水沢さんに気付いた。

あ、あれ？

「上条ちゃんが惚気(のろけ)た！」

「上条さんがこうもはっきり惚気るなんて、初めてじゃないですか？」

いつの間にやら傍(そば)にいた浅岡さんと川西さんもびっくりしている。

え？　この台詞って惚気だったの!?

唖然としている私の目の前で、我に返った水沢さんが吼(ほ)える。

「うわーん、羨ましいぞ！　どうせこの中で私だけ恋人がいないわよ！　コンチクショー！」

「す、すいません！」

「自分にぴったりとか言われたら、これ以上突っ込めないいじゃないのーー！」

「ご、ごめんなさ……い……？」

ん？　と首を傾げる私。

ええっと。思わず謝ったけど、これって私が謝るところ……？

「明美の負けね」

「ですね。課長の大きさを知るのはもう諦めましょう、水沢さん」

私達のやり取りを聞いて、クスクス笑う傍観者が二人。

「これ以上聞いても上条ちゃんに惚気られるだけよ。……どうせ課長の入れ知恵だろうけどね」

私はぎくっとした。川西さんったら鋭い……！

「きぃぃ、仕方ないわね！　でもいいの、大きいと思っておくことにするから！　……それよりも私、絶対に恋人作る！　自分にぴったりの男性を見つける！　合コンにも行きまくるわよ」

水沢さんは拳を握りしめて宣言した。

「頑張れー」

「頑張ってくださいねー」

「棒読みの激励ありがとう！　誰か良い人いたら紹介しなさいよ！」

「あんたと私の知り合いって、ほぼ共通なんだけどね。……でも、まぁ、善処するわ」

「水沢さん、年下もＯＫですか？」

「年上でも年下でも全然ＯＫよ！　五歳以内なら許容範囲だから」

「……昔より守備範囲広くなったわね、明美」

「門戸を広げないと、誰も引っかからないかもしれないからね」

爽やかな朝にはいまいち相応しくない――それどころか何やらギラギラした女性陣の会話を聞き

ながら、私はホッと息をついた。

これで一件落着、かな？

……いや、落着してないことが一つある。

あの時彰人さんが言っていた「たっぷり時間をかけて――仕込んであげるから」という言葉についてだ。

あれって、冗談じゃなくて本気なのだろうか……

さんざん喘がされた後、まったりイチャイチャしている間も、恐くて聞けなかった。

だって、あのにっこり笑顔で「もちろん本気だ。覚悟するんだな、まなみ」なんて言われたら、恐いじゃないのさーーーー！

あああ、冗談であって欲しい！　本当に！

でも、あの台詞を言った時の彰人さんの目は、とても冗談を言ってるようには見えなかった。

水沢さんの彼氏獲得計画を練っている三人を尻目に、私は嫌な予感にぷるぷると震える。

どうやらガールズトークは思わぬ副産物を私に、いや、もしかしたら彰人さんにももたらしたようだ。

――その後。

彰人さんから宣言通りに色々仕込まれたかどうかは、私と彰人さんと、神のみぞ知ることである。

師走と合コン

事の起こりは水曜日の夜。仕事帰りに一歳年下の従妹、真央ちゃんと一緒に食事をしていた私は、何気なくこんな話をした。

「なんかね、うちの部署の有志と営業一課の有志で合コンをすることになったんだって。それで水沢さんがすごく張り切っちゃって」

同じ課の先輩である水沢さんには、入社当時からとてもお世話になっている。情報通で、他部署の人とも交流があって、いつも社内の噂話を仕入れては私たちに聞かせてくれる。

そんな水沢さんだが、最近ややヤサグレ気味だ。理由はとても単純明快。私たち仲良し四人組の中で自分だけ恋人がいないからだ。

恋人を作ろうと合コンに参加したり、自ら合コンのセッティングをしたりしている。だけど結果は……まぁ、推して知るべしだ。

「今回のは合コンっていうほどガッツリした集まりじゃなくて、交流会に近いそうなんだけど、営業部って男性が多いでしょう？　普段は交流がない男性たちと、顔見知りになるチャンスだって言って……」

「その合コン、私も行きたい！」

真央ちゃんが身を乗り出し、顔を輝かせて言った。

「は？」

「まなみちゃん！　私も参加しちゃ駄目？」

「えええ⁉」

私が仰天したのは言うまでもない。

「あ、でもその合コン、まなみちゃんの会社の人たち限定かな？」

不安げに言う真央ちゃんに、私は目をパチパチさせながら答えた。

「水沢さんはうちの会社の人じゃなくても、参加したい人がいれば誰でもＯＫだって言ってたけど……で、でも、真央ちゃん、合コンだよ？　あの時のことを忘れたの？」

あの時――とは、一年以上前に私と真央ちゃんが合コンに参加した時のことだ。真央ちゃんの大学の知り合いが主催した合コンで、真央ちゃんはすごく張り切って参加していた。もちろん、超過保護な従兄弟たちには内緒で。

ところが、行ってみれば涼――私の従弟で、真央ちゃんにとっては弟――が私たちを監視するために、ちゃっかり参加していたというオチだった。しかも、真央ちゃんにとっては腹立たしいことに、参加していた同級生が従兄弟たちのスパイだったというおまけ付き。

「だからよ！」

ドンッとテーブルを拳で叩きながら、真央ちゃんが力説した。

「佐伯系列の会社――しかも彰人さんがいる会社の合コンに、透お兄ちゃんと涼がおいそれと参加できるわけがないでしょう？」

「た、確かに……」

面が割れている透兄さんと違って、涼なら参加することも可能かもしれない。けれど、彰人さんがいる会社――しかもその部下たちが多く参加する合コンに、直接乗り込むってことはまずないだろう。

「前に彰人さんだって、『うちの会社で合コンの機会があったらぜひ参加してください』って言ってたし！」

「え？　いつ？」

真央ちゃんの口から思わぬ事実を聞かされ、私は驚いた。真央ちゃんと彰人さんは、いつそんな話をしたのだろう？

私が眉を顰めていると、真央ちゃんがむぅと口を尖らせた。

「もう、まなみちゃんってば、忘れたの？　あの合コンの直後、お店の前で彰人さんに会ったじゃない！　その時に彰人さんが、私にそう言ってくれたんだよ」

「そういえば……」

あの合コンの後、当時の彼女である岡島さんを連れた彰人さんとばったり会ったんだった。確かにその時、そんなことを言っていたような……？

「よく覚えてるね、真央ちゃん」

「美形の言うことは忘れません！」

真央ちゃんは腰に手を当ててエッヘンと胸を張った後、両手を合わせて、まるで拝むようにしてねだった。

「お願い、まなみちゃん、参加させて！　リーマンと合コンなんて、めったにない機会なの！」

「でも……」

真央ちゃんをうちの会社の合コンに連れていったりしたら、私が透兄さんと涼に殺されるかもしれない。

「お願い、まなみちゃん！」

何度も拝み倒されてしまい、途方に暮れた私は、「透兄さんの許可が下りたら」という条件をつけてＯＫした。

この時は、まさか透兄さんが許可するわけないと高をくくっていたのだ。

真央ちゃんはさっそく透兄さんに言ったようで、次の日、私の携帯に連絡が入った。

『許可下りたよ〜！』

「……は？」

私は我が耳を疑った。あの過保護の権化のような透兄さんから許可が下りた……？

『あのね、まなみちゃんが私を監視して、誰にもお持ち帰りされないようにするなら参加していいって。透お兄ちゃんと、あと涼からもＯＫもらえたよ！』

「うそーん」

って、私がつい口に出してしまったのは無理もないと思う。

『というわけでまなみちゃん、よろしくお願いします！』

声を弾ませる真央ちゃんとは反対に、私の心はズーンと沈んだ。

真央ちゃんとの電話が終わると、すぐ透兄さんに電話をかける。

前の合コンの時にはスパイまで送り込んでいた透兄さんが、こんなにすんなり許可するなんて。何か変な食べ物でも食べたのだろうか？

ところが、透兄さんはピンピンしていた上に、こんなことを言ったのだ。

『真央がどうしてもと言うからな。正直に申告してきたことだし、今回は特別に許可することにした。ただし、条件がある。お前の会社の合コンなのだから、責任取って一緒に行け。そして遅くならないうちに真央を無事に家に帰せ』

「うそーん」

通話を終わらせた私は、携帯を持ったまま呆然とつぶやいた。

「……マズイ、かもしれない」

透兄さんに言われるまでもない。真央ちゃんを一人で合コンに出席させるわけにはいかないから、私がついて行くのは必須だ。

だけど、そうなると今度は別の問題が浮上する。残念なことに、私には過保護な従兄弟だけではなく、過保護な恋人兼婚約者がいるのだ。

「彰人さんに、なんて言ったらいいの？　絶対にダメって言われるよ……」

そのことを考えると、再び心がズーンと沈んでいくのを感じた。

＊　＊　＊

私が勇気を出して彰人さんに伝えたのは、土曜日の午前中のことだった。

「合コンに、行かなきゃならなくなったんですけど……」

そう口にしたとたん、周囲の空気がビシッと凍るのを感じた。

「合コン？」

彰人さんは読んでいた新聞を置いて私の方を見た。笑顔だったけれど、その目はちっとも笑っていない。

私は背筋にゾワッと悪寒が走るのを感じた。今さらながら警戒モードがオンになる。しかも最高レベルで。

まずい。これはまずい兆候だ……！

「今、合コンって言ったかい？」

ちゃんと聞こえてたくせに、わざわざ聞き返すところが恐い。すごく恐い。

目がまったく笑ってない黒い笑顔が、私の恐怖を更に煽った。

私だって、好きで合コンに行くわけじゃないのに！

私は心の中で叫びつつ、恐る恐る頷いた。

「……言いました。合コンに参加することになってしまって……」

最後の方は彼の目を見られなくて、つい視線を外してしまった。

でも、見なくても分かる。分かってしまう。更に空気が凍ったのが。

私は言い出すタイミングを誤ったことを悟る。

もしかしたら、会社にいる時にこっそり言えばよかったのかもしれない。仕事モードの彰人さんは巨大な猫を被っているから、ここまで黒さを全開にすることはなかっただろう。

だけど今、彰人さんは完全にプライベートモードだ。メガネはかけてないし、前髪もオールバックにしておらず、自然に下ろしている状態だった。

まぁ、土曜日の真っ昼間に自宅のマンションにいるのだから、仕事モードのわけがないんだけれど。

とにかくメガネという緩衝材がないものだから、その目から放たれる強烈な視線と威圧感を、私はモロに受けてしまう。

やっぱり、今この話をしたのはまずかったか……

これでも一応ベストなタイミングを見計らって打ち明けたつもりなのだ。ちなみにベストなタイミングというのは、彰人さんが一番機嫌がいい時のこと。

もっとも、機嫌がいいのも当然だと思う。

私は昨夜のことを思い出して、こんな時なのに少し顔を赤らめた。

——昨日の金曜日の夜、彰人さんの部屋に連れ込まれて、濃厚な一夜を過ごすハメになった。

いつもは夕食を共にした後、一度部屋に戻ってから改めて彰人さんの部屋に行くんだけれど、昨日は直接彰人さんの部屋に連れ込まれて、しぶしぶ風呂場でシャワーを浴びているところを急襲されたのだ。

で、そのまま風呂場でイタしてしまい、それが終わったと思ったらベッドに直行させられて、さんざん喘がされた。

ええ、もうそれは色々とされました。しかも何回も！

おかげで今日は昼近くまで起き上がれなくて、ようやくさっき朝食兼昼食——いわゆるブランチを取れたところなのだ。

まったく、いくら今週忙しくて、二人きりで過ごせるのが一週間ぶりだったからといって、激しすぎる。

なんで次の日に私の足腰が立たなくなるまで抱くんだろうか。昨夜なんて、最後の方はほとんど意識が飛んでいたくらいだ。

だけど、意識が朦朧としていたにもかかわらず、うっすらと覚えている自分の嬌態。いっそ全部忘れてしまえばよかったものを、どうしても思い出してしまう。

「まなみ、手をついて四つん這いになって」と言われ、素直にベッドに両手をついてしまった自分とか。彰人さんと向かい合わせになってその膝に座り、突き上げられながら嬌声をあげていた自分とか。

もちろん目が覚めてそのことを思い出した瞬間、羞恥のあまり死にたくなった私だ。

思いっきり恥ずかしい体位を取らされて、それに悦んで応じていたことなど、自分の頭からも彰人さんの頭からも消してしまいたかった。

なのに、ベッドの上で悶絶している私に、彰人さんは笑顔で追い討ちをかけたのだ。

「昨夜のまなみはすごく可愛かったよ」

……足腰が弱っていなかったら、多分、すぐにこの部屋を飛び出していたことだろう。

ただ残念なことに、夜の間かなり身体を酷使させられたため、起き上がることすら困難な状態だった。

おかげで精神的疲労も加わり、朝からぐったりしていた私。それとは裏腹に、彰人さんはケロッとしていて、しかも欲求不満を解消できたことにより機嫌がよかった。

ブランチを作ってくれたのも彼だし、私が「おいしい」と言って食べている間もそれを見守り、柔らかく微笑んでいた。後片付けをしながら、「午後はまなみの行きたいところに付き合ってあげる」なんてことまで言ってくれて……

別に始終ニコニコしていたわけじゃないけど、やたらと私に甘いのは機嫌がいい証拠だ。

だから食後にソファに並んで腰をかけ、まったりすごしている時に、私は恐る恐る口にしたのだ。

彰人さんの機嫌がいい今なら、理由をきちんと話せば合コンに参加することを承諾（しょうだく）してもらえるかも……と思って。

──ええ、ソッコーで却下くらいましたけどね！

せっかく機嫌がよかったのに「合コン」の一言だけでブリザードが吹き荒れた。

「まなみ」

彰人さんが優しげな声をかけてきた。私は視線を外してダラダラと冷や汗を流す。恐くて見られないけど、きっと今、彼はこの優しげな声と同じ優しげな笑みを浮かべていることだろう。

だけど、その目はきっとツンドラ地帯──いや、永久凍土のように凍りついているに違いない。

「君の左手の薬指にあるのは、何かな？」

どんなに優しい声も、今の私には恐怖の大王の声にしか聞こえない。

「え、ひ、左手の薬指……？」

私は彰人さんと目が合わないようにあさっての方を向きながらも、視線を自分の左手に落とした。

その薬指に嵌まっているのは、私の好みよりいささか大きな宝石がついた指輪。

「こ、婚約指輪、かな」

これは半ば強引に押し付けられた指輪だった。これをもらった時、私は突然降って湧いた婚約話に抵抗というか、戸惑いを感じていたから。

今は自主的に嵌めているものの、外して仕事に行こうものならとんでもなく怒られて、その後はお仕置きが待っている。私にとっては枷みたいなものだ。

彰人さんの方もそのつもりで嵌めさせているんだと思う。だって、これをくれた時の台詞は「所有者である俺の名前の刻印入りだから、首輪の代わりみたいなものかな。まなみ。それ、外しちゃダメだからね?」だったもの。

首輪ですよ、首輪! って、私はペットか!

「そう、婚約指輪だ。つまり君は売約済みということ。合コンに行く必要はない。……それがたとえ人数合わせのためであっても」

彰人さんはそこでいったん言葉を切ると、急に低い声で威圧的に言った。

「分かったね、合コンは断りなさい」

氷の礫のように投げつけられた言葉に、私は思わず「わ、分かりました!」と答えそうになる。

でも、日本海溝より深いわけがある今回の合コン、行かないわけにはいかないのだ!

私は勇気を出して彰人さんを見た。その笑顔の向こうに黒いオーラとツンドラ地帯が見える気がして、一瞬勇気が萎えそうになったけど、そこはぐっとこらえた。

「ちょっと待ってください！　今回は参加しないわけにはいかない理由がありまして……」

彰人さんは、無言でじっと私を見下ろす。

「うちの会社の人たちばかりなので、絶対安心だし……」

「……」

「水沢さんも参加するって言ってたし……」

「……」

「だから……」

私が何を言っても、彰人さんはずっと無言のままだった。必死に説得しようとしていた私は、その無反応ぶりにとうとう耐えられなくなり、プチ逆切れする。

「こ、これも元はといえば、課長のせいなんですからねっ！」

——ビシッッ。

空気が更に凍ったような気がした。

「……課長？」

冷気の発生源である彰人さんは、目を細めてつぶやく。

「会社の外では名前で呼ぶように言ったはずだけど？」

ヤバイ！

私はサーッと青くなり、慌てて口元を押さえた。また「課長」がとっさに出てしまった……

「まなみ」

笑顔のまま、優しい声で、目の前の人は私を呼ぶ。

そして、青ざめて汗ダラダラの私にトドメを刺した。

「お仕置き決定、だね」

――ひぃぃ！　これ以上やられたら、私、壊れる！

「あ、あう……」

ところが、涙目であうあう言っている私を見て溜飲が下がったのか、彰人さんは目元をふっと和らげた。

「今すぐお仕置き――と言いたいところだけど、それはまた後で」

「え？」

執行延期？

私はちょっと安心し、瞬きをして涙を払った。

「で、何が俺のせいだって？」

黒いオーラもツンドラ地帯もすっかり消えている。どうやら彰人さんは話を聞いてくれる気になったみたい。

ああ、よかった！　話をちゃんと聞いてもらえたら、きっと彰人さんも分かってくれるに違いないから。

私は気を取り直して、隣にいる彰人さんを見上げた。

「彰人さん、一年以上前のことだけど、真央ちゃんと初めて会った時のことを覚えてます？　私と真央ちゃんが合コンに参加して、居酒屋の前で迎えを待っていた時に、彰人さんが声をかけてくれましたよね」

「ああ、覚えてるよ」

「あの時、彰人さんが真央ちゃんに『うちの会社で合コンする機会があったらぜひ参加してください』って言ったのも覚えてますか？」

彰人さんは眉を顰め、しばし記憶を探っているみたいだった。やがて思い出したらしく、ああと頷く。

「確か真央さんは、過保護な弟と従兄の息がかかった人のいない合コンなら、参加したいと言ってたな。……今ならその気持ちも分かるけど」

クスッと笑う彰人さん。今彰人さんの脳裏に浮かんでいるのは、間違いなくあの二人だろう。

彰人さんと婚約してから、従兄弟二人の私に対する過保護はだいぶ軽くなったけど、今でも隙あらばこっちの生活に干渉しようとするのだ。

……むしろ、彰人さんという過保護な人が一人増えたから、前以上にやっかいな状況にいると言ってもいい。

「真央ちゃんはそれをしっかり覚えてて、今度の合コンに参加したいと言ってきたんです」

私は彰人さんにそう説明した。

「合コンの主催者である水沢さんは、私と真央ちゃんの参加を二つ返事で許可してくれたし。透兄さんたちも、私が一緒に行って監視するなら許すと言ってくれて――」

残る関門は、私が「合コン」という単語を口に出すのも嫌がる、この人だけなんだけど……

「ちょっと待て」

私の言葉を遮った彰人さんは、眉を顰めて言う。

「許可したって？　君も合コンに行くことを――あの二人がか？」

私は、彰人さんは何を気にしているのだろうかと、不思議に思いながら頷いた。

「はい。確かに透兄さんは許可するって言いました。あの二人もようやく過保護をやめる気になったのかも」

そう思ったら嬉しくなって、思わず笑顔になった私は、次の彰人さんの言葉に目を丸くする。

「そんなことあるものか」

それは彼には珍しく、吐き捨てるような言い方だった。私が驚いて見上げると、彰人さんは目を閉じてこめかみに片手を当て、なにやら渋い顔をしていた。

「彰人さん？　どうしたんですか？　今頃昨夜の疲れがきましたか？」

年を取ると、疲れが後からくるっていうもんね。……などと、本人に知られたらまたお仕置きされそうなことを考えてしまったけれど、どうやら違ったらしい。

彰人さんは目を開けると渋い顔のまま、プライベート用の携帯を掴んで立ち上がった。

「ちょっと電話してくる」

そう言って彰人さんが足を向けた先は、彼が仕事部屋にしている書斎だった。

わざわざあそこに行くってことは、私には聞かれたくない内容なのだろうか？

ちょっと気になるけど、盗み聞きしたのがバレたらどんなお仕置きをされるか分からないし、未だに身体が重いこともあり、私は大人しくソファの上で待つことにした。

やがて部屋から出てきた彰人さんは、思いっきり不機嫌だった。

「チッ！」

と、盛大に舌打ちまでしている。私はあんぐりと口を開けた。

「思った通りだ。人を番犬代わりに使おうと目論んでいた」

彰人さんは唸るように言うと、大股で部屋を横切り、私の隣にドスンと腰を下ろした。

一体何事だろう。さっきより更に機嫌悪くなってるよ……。まだ合コンへの参加を許可してくれていないのに。

誰と電話をしてたのかは分からないけど、朝の機嫌がよかった彰人さんを返して欲しい。切実にそう思う。

ところで、彰人さんが言っていた番犬って……なんのことだろう？

「えーっと、誰が、誰を番犬とやらに？」

私は思い当たることがあって、内心ビビリながらも聞いてみた。

そんな私を横目でちらりと見て、彰人さんは答える。ものすごく不機嫌な声で。

「もちろん、君の例の従兄弟(いとこ)たちだ」

——例のイトコたち？　彰人さんがこんな言い方をするってことは……

「透兄さんと涼？」

「そうだ」

その返答に、私はやっぱりと思った。

「じゃあ、今の電話の相手は……」

「三条さんの方」

「と、透兄さんですか。で、あの、番犬っていうのは……？」

そう尋ねながら、私は嫌な予感がしていた。

番犬って、まさか彰人さんを……？

私は思わず顔を引きつらせてしまった。それに気付いた彰人さんは、不機嫌な表情をふっと緩(ゆる)めて言う。

「まなみには予想がついてるんじゃないか？」

「まさか……」

「そう。俺に君達二人を監視しろってさ」

——やっぱりそうか！

「どどどど、どうして課……あわわ、彰人さんが……？」

あぶない。ついうっかり課長と呼びそうになってしまった。

彰人さんもそれに気付いたらしく、眉をピクリとさせた。けれど、話の途中だからか、咎めることはしなかった。

「元々そのつもりで今回の合コンを許可したんだろう。君が付き添うという条件付きでね……うまく考えたものだな」

そう言ってうっすらと笑う彰人さんの目は全然笑っていなくて、黒い何かがダダ漏れ状態だった。

はっきり言って恐い。火の粉がこっちに降りかかってきそうで、更に恐い。

「真央さんが合コンで誰と知り合おうが、お持ち帰りされようが、俺は別に構わない。それはどうでもいいということではなくて、彼女はしっかりしているから変な男に騙されたりしないと分かっているからだ。……だけど君が関わるなら、俺は動かざるを得ない」

「ふぁ？」

私は間抜けな声を出した。

私が合コンに行くから、彰人さんが動かざるを得ないって……なぜ？

わけが分からなくて私は尋ねる。

「あ、あの、彰人さん？　私は単なる付き添いですよ？　しかも、うちの部署が主催の合コンなんですけど？」

「付き添いでも、合コンは合コンだろう。しかも営業部の連中が一緒ときてる。……うちの部署の連中だけなら俺も気にしないさ。君が俺と婚約しているのはみんな知っているし、その上で君にちょっかい出せるほど勇気のあるヤツはいないからな」

「あのー。そもそもうちの部署の人だけだったら、合コンじゃなくて単なる飲み会になってしまうかと……」

私のツッコミは綺麗にスルーし、彰人さんは続けた。

「だけど、営業部の連中は君が売約済みだと知らないかもしれないし、押しが強い連中だからな。あんな狼どもの群れに無防備な小動物を放り込んだら、食われるのがオチだ」

「は？」

なんですか、その私が合コンに行ったら狙われるみたいな妄想は？　恋人の欲目ってやつですか？　それともあの二人の過保護っぷりに感化されて、変なフィルターがかかっているとか？

「あ、あのですね、彰人さん」

私はそのフィルターを破壊するべく、悲しい事実を告げた。

「私、大学時代に合コンに行っても、アドレスとか連絡先とかまったく聞かれたことがないんですよ？　男性とはうまくしゃべれなかったし、容姿も普通だし。だから全然モテないんです。そもそも意識すらされないんですから。そういうわけで、彰人さんは全然心配しなくていいんです……って、なんでそんな生暖かい目で見てくるんですか？」

ふと見ると、彰人さんは私を微妙な表情で見下ろしていた。

「いや……。本人がまったく知らないところで妨害する手腕が、さすがだなと思って」

「ん？」

「それに、あまりにも恋愛事に鈍感な君にも脱帽だ」

「……ちょっと、喧嘩売ってるんですか？」

これは私に対する挑戦だよね？　どうせ私は恋愛音痴ですよ、コンチクショー。

「いや？」

そう言って、彰人さんはにやっと笑った。

「そのおかげで東日本営業部のあいつも手が出せなかったんだから、鈍感で結構だ」

「東日本営業部？　あいつ？」

東日本営業部で私が知っている人といえば、同期の柏木君だけだけど……まさか、彼のことじゃないよね？

私が首を傾げていると、彰人さんはふっと息を吐いた。

「もういい、忘れてくれ。……だけどまなみ、君が自分で考えている以上に男連中の注目を浴びていることは、そろそろ自覚した方がいい」

「はぁ？　なんで私が注目されるんですか？」

あなたと婚約した時から——正確に言うと、あなたに婚約を暴露されてから、やたらと注目されたり、敵意を持たれたりしてるのは知ってますけどね。だけど、それはほぼ女性からだ。たまに男性からもじろじろ見られることはあるけど、それは彰人さんと婚約したからに過ぎない。

「彰人さん絡みのこと以外で、私が男性に注目されるわけがないですよ」

そう断言した私に、彰人さんは軽くため息をついた。

そして「だから心配なんだ」と小さくつぶやくと、片手を伸ばして私の頬に触れる。

「無自覚、無防備、無意識。……始末が悪いな」

なんか知らないけど、私、けなされてる気がする！

むぅと顔をしかめる私を見て、彰人さんはふっと笑うと、諦めたようにまたため息をついた。

「仕方ない。不本意だが、彼の思惑に乗ってやる」

「へ？」

「番犬、やってやろうじゃないか」

「ええ!?　彰人さんも合コンに参加するの!?」

それは嫌……かも。だって、よその部署の女性たちが彰人さんに集(たか)るのが、目に見えているんだもの。そんなの面白くない。見たくない。

彰人さんは首を横に振った。

「いや、課長という立場で合コンに参加するわけにはいかないだろう。参加する気もないし」

その言葉に、私はホッとしたのだけれど……

「だから、離れたところから見ているよ」

「へ？」

「言っておくけど、俺が監視しているのは真央さんじゃなくて、君だからね？　そこのところ、忘れないように」

そう念を押された私は、顔が引きつるのを止められなかった。

それも嫌。すごく嫌！　一挙一動を見られるなんて、絶対嫌！

私は口をきゅっと結ぶと、彰人さんを説得するべく顔を上げた。

「あの、彰人さん？　彰人さんが透兄さんの思惑に乗る必要はないですよ？　だって、さっきも言ったように私は単なる付き添いだし、私に興味を持つ男性なんているはずがないんですから」

「まなみ」

「と、透兄さんの思う通りに動くなんて嫌でしょう？　そうでしょう？」

「まなみ」

「それに、うちの部署の人たちも参加するんですよ？　私の身に何か起こるなんてことはあり得ません」

「まなみ」

「こ、婚約してるし、指輪だってしてるんですよ？　これ見たら、言い寄ってくる人なんているはずないです」

「ま・な・み」

「んにゃー！」

頬に添えられていた手でがしっと顎を掴まれ、私は動けなくなった。

そして、至近距離から顔を覗き込まれる。何事かと思って目を見開く私に、彰人さんはにっこり笑った。

ひぃぃぃぃぃ！

その笑みの向こうに黒いオーラが見えて、私は泣きそうになる。

「はっきり言わなければ分からないらしいな。……いいか？　君は自分で考えているより男の心の機微に疎い。その証拠に一年前、俺が君を少しずつ囲い込んでいたことに、まったく気付いていなかった」

笑顔が恐いです、課長！　……いや、彰人さん！

そりゃ、確かにペット扱いされてるだけかと思ってましたけど！　狙われてるなんて夢にも思ってませんでしたけど！

「それに押しにも弱い。まぁ、俺もそこに付け込んだわけだけど」

それも確かにその通りだ。何がなんだか分からないうちに、アレコレ好き勝手やられた感がありますから！

婚約に関しても完全に押し切られてしまったのだから、押しに弱いことは認めざるを得ない。

彰人さんは、ふぅと息を吐く。

「しかも、未だに男慣れしていない。俺とこういう関係になってずいぶん経つのに、しかも婚約までしているのに、君はまだ初心なままだ。……まったく、征服欲と庇護欲をこれでもかというほど煽ってくれる。本当に始末が悪い」

彰人さんはますます笑みを深め、黒いオーラを濃くした。

ヤバイ。なんだか身の危険を感じる！

「つまり、君は隙だらけで、男たちにとって格好の標的なんだよ」

あっと思った時には遅かった。視点がぐるりと反転したかと思うと、ソファに押し倒されていた。

「え？」

「ほら、隙だらけだ」

「え、えええええ!?」

慌てて押し戻そうとした私の手を掴んで、革張りのソファに押しつけた彰人さんは、唇が触れ合いそうなくらい顔を近づけて笑う。

だけど、その笑みは先ほどの黒い笑みとは違っていて――壮絶なまでに色気のある、情欲に満ちた笑みだった。

「まなみ」

甘さと、誘惑と、欲望を含んだ声が、私の名前を紡ぐ。

私の背中と、昨夜の情事のせいで未だに鈍痛を訴えている下腹部に、甘美な疼きが走った。


「さあ、お仕置きの時間だ」


低く囁かれた言葉に、私は身体を震わせた。ただし、半分は恐怖のために。

彰人さんの言う「お仕置き」が指すものは明白だ。押し倒された状態で言われた日には、もうアレしか考えられないだろう。

「お、お仕置きはまた後でって、言ってたじゃないですかぁ……」

昨日の夜、さんざんやったのに！　まだだるいのに！　夜まで待ってくれると思ったのに！

「だから、後でって言っただろう？」

私の唇の上で囁かれる声。彰人さんの吐息が唇にかかって、私はぶるっと震えてしまう。

でも、そう簡単には流されませんからね！

「そ、そう言ってから、まだ三十分も経ってませんよ」

「三十分でも、後は後だろう？」

「……あうう」

そんな馬鹿なと思ったけれど、反論しても勝てる気がしない。そもそも口でこの人に勝てるはずがない。

くそうと思いながら睨みつけると、彰人さんはクスッと笑った。

「睨んでもダメだ。むしろそれ、逆効果だから」

その声は情欲に濡れていて、私は背筋がぞくっとする。

「誘っているみたいに見えるよ……涙目で。本当に可愛いな、君は」

その言葉に私が赤面する間もなく、彰人さんの唇が落ちてきた。

「……んんっ……ふぅ……」

彼の舌が私の唇を割って、口腔に入り込んでくる。とっさに逃げる私の舌を熱い舌が追いかけ、なぞり、絡みついてくる。

ゾクゾクと背中に震えが走った。私が抵抗をやめると、その舌は咥内を這い回る。角度を変えて繰り返される深い口づけに、私は何も考えられなくなった。

唾液が流し込まれ、下しきれなかったそれが、合わさった口の隙間から漏れている。

ああ、力が抜けていく――

「……んっ、……んんっ……ふぁ……」

ようやく彰人さんが顔を上げた時、私の目は生理的な涙で潤んでいた。多分、ぼうっとした顔をしていたと思う。

そんな私を見た彰人さんは笑みを浮かべ、手首を掴んでいた手を離すと、私の前髪を優しくかき上げた。

下腹部がきゅんと疼く。普段からよくされているはずのその行為が、なぜか彼の情欲を如実に表しているように思えたからだ。

額に触れた手が、私の前髪を何度もかき上げる手が、私を奪いたいと告げている。

「あ、彰人さんっ……」

喘ぐようにその名前を呼んだ私は、彼を思いとどまらせようとしたのか、それとも彼に応えようとしたのか、よく分からない。流されちゃダメだと思うのに、身体は確実に応えてしまっていたから、自分でも混乱していた。

そんな私を尻目に、彰人さんは前髪から手を離し、耳朶に口を寄せた。そして耳朶を舐め上げ、歯を立ててくる。

「……ひゃ……!」

私の耳が熱を持った。ただの吐息にすら、ビクッとしてしまうくらい感じている。

耳がこんなに感じるなんて、彰人さんとこういう関係になって初めて知った。というか、身体の色々な部分が感じることを知って、びっくりしたものだ。

まだこういう関係になって間もない頃、彰人さんは私の性感帯を探り出そうと、身体のあらゆる場所に手や舌や唇で触れてきた。……それも楽しそうに。

あの時のことは、多分一生忘れないだろう。

特に、足の裏を舐め上げられて声が出てしまった時には、穴があったら入りたかった。

そして、足の指を一本一本口に含まれて愛撫(あいぶ)され、その感触と彰人さんの妖艶(ようえん)な姿に感じて達してしまった時には、恥ずかしさのあまり死んでしまいたくなったものだ。

そんな自分にショックを受けてポロポロと涙を零(こぼ)す私に、彰人さんは言った。私が自分でも困惑するほど感じやすい背中に、舌を這わせながら。

「まなみは感じやすいな。すごく可愛い……そして淫(みだ)らだ。さぁ、もっと啼(な)いて？」

その言葉通りに啼いてしまった時には、今すぐこの世から消えてしまいたくなった。

……今から考えると、それはまだ序の口だったんだけど。

「はぁ……」

私の耳をさんざん嬲(なぶ)った後、彰人さんの唇は私の首筋をゆっくりと這(は)っていく。

その熱い唇と、濡れたような感触、そして首筋や鎖骨に触れる髪の感触に、くすぐったさと、ゾクゾクとした快感を覚えた。

私が思わず身を捩(よじ)ると、それを抵抗と受け取ったのか、彰人さんは首の付け根にピタッと唇を押し当て、強く強く吸う。

チクンとした痛みが走り、私は思わず声をあげた。

「――痛っ！」

その痛みが、私の止まっていた思考を再開させた。

今の私にはこの痛みがどういうものか、もう分かっている。独占欲が強い彰人さんは、やたらと人の身体にキスマークを付けるのだ。

はっきり言って、迷惑以外の何物でもない。所有の証は指輪だけで十分でしょうが！

「そ、そこは目立つから、付けちゃ嫌だって言ったのに……」

息を荒くしながら、私は泣き言を言った。

けれど、彰人さんは今度はうなじの方に唇を移動させ、そこも強く吸う。

「出張前に付けたのはもう残ってないようだから、補充しなくちゃ」

こ、この、ドSめ！　ようやく前のが消えたばっかりだったのに！　昨夜は付けられなかったから、すっかり安心していたのに！

これでまたしばらくはハイネックの上着ばかりを着るハメになるのかと思ったら、ゲンナリした。

スカーフを首に巻くという手もあるけど、それは駄目。スカーフなんてしていったら、水沢さんや川西さんに嬉々として取り上げられるのがオチだ。

「せ、せめて見えないところにしてくださいよ……」

つい言ってしまった後、私は自分のミスに気付いた。

こ、この言い方じゃまるで……

案の定、彰人さんはすぐに飛びつく。

「見えないところになら、付けていいってことだな？」

そう言って笑うと、鎖骨のところに強く吸い付いた。

そ、そういう意味じゃない！　それに、そこって見えないところでしょうか⁉　かなりきわどい場所なんだけど！

と、ツッコミを入れた私は、ふと気付いた。

そういえば、さっきからやけにスースーするような……

頭を少し持ち上げ、自分の胸元を見てみると、全てのブラウスのボタンが外されていて、合わせ目の部分からブラジャーが露出していた。

い、い、いつの間に？

どうやら彼は私の首筋に唇を這わせながら、ブラウスのボタンをどんどん外していたらしい。電光石火の早業とは、まさにこのことだろう。

く、くそう、手馴れている！

むうっと眉を寄せる私をよそに、彰人さんは片手を私の胸に滑らせる。長い指が谷間に伸びて、迷うことなくホックを外す。

――フロントホックでも、戸惑うことなく外せるなんて！

……そうですよね。彰人さん、恋人いっぱいいたもんね。数か月ごとに、途切れることなく恋人が入れ替わっていましたもんね。美人で、有能で、キャリアウーマンな恋人たちの相手をしてきたんだから、手馴れているはずだよね！

なんか腹立つ！　やたらとセックスに慣れてて上手なのがムカつく！

私は腕を伸ばし、彰人さんの右腕の肉をつまんでクイッと捻った。贅肉はほとんどない人だから、筋肉ごと思いっきりつまむことになったけれど、構うものか。

「痛い。……何をする？」

私の胸の谷間に顔をうずめていた彰人さんが、顔を上げて私を睨みつける。

「女性の服を脱がすのにやたら手馴れてるんで、ムカつきました」

腹が立ったので強気で言ってみたものの、私はすぐに後悔することになる。

「こんな状況で、そんなことを考えていたのか。……余裕だね」

ふふんと笑う彰人さんに嫌な予感がして、私の喉がヒクリと動いた。

口は災いの元。彰人さんに捕獲されてから、何度この言葉を頭に思い浮かべただろうか。なのに……

「まなみに余裕があるなら、手加減する必要もないよな？」

彰人さんはにっこり笑って、そんな恐ろしいことを言うのだった。

いいえ、余裕なんてありませんからっ！　いっぱいいっぱいですから！

そう叫ぶ私の手を、彰人さんが掴んだ――

「んぁっ、……あ、あぁっ……も、もう……あぁっ……」

リビングに私の嬌声が響く。

全裸になった私はソファに横たわり、軽く足を開いて彰人さんの愛撫を受け入れていた。服を全部剥ぎ取られて、明るい昼の光の下に、彼の視線に、全てが晒されている。どうにか人並みくらいはある胸の膨らみも、身を捩るたびにふるふると震えるその先端も、昨夜の情事の名残でうっすらと赤く鬱血している、太ももの内側も。

なのに、彰人さんの方は服を着たままだった。シャツの前ボタンは外されているものの、何一つ脱いでいない。それが私の羞恥心を更に煽った。

彼の片手が私の胸を嬲る。下から掬い上げて、膨らみをフニフニと揉んだかと思ったら、ふっくらと立ち上がった蕾を指でつまみ上げる。

ビクンと反応する私を宥めるように、彼はその蕾に唇を寄せて優しく嬲った。それにも私は反応してしまう。

——絶え間なく与えられる快感に、下腹部がズキズキと疼いた。

秘所からトロトロと蜜が零れていく。それを受け止めるのは、秘唇に差し込まれた彼のもう片方の手だ。

最初は一本だった指が二本に増やされ、我が物顔で私の膣内を犯している。

「ひゃっ……！」

彰人さんの指が特に感じる部分を掠め、私はビクンと腰を揺らした。中がぎゅうっと狭くなり、彰人さんの指を締めつける。そのせいで、彼の指の形が余計にはっきりと感じられた。

奥からとぷっと蜜が溢れ出る。自分の足の間から聞こえるぐじゅぐじゅという水音が、更に大きくなった。

恥ずかしい。なのに、どんどん快感が募っていく。

泡立つほどかき回し、音を立てて出入りする指。内壁を擦られ、執拗に突き上げられ、私はおかしくなりそうだった。

「ああっ……あっ……い、いやぁ……あっ、ああ！」

敏感な花芯にいきなり触れられ、私の口から甘い悲鳴があがる。そこはすっかり充血し、立ち上がっていた。

私の蜜を纏った親指が、そこを執拗に擦り上げる。コリコリと引っかくように弄られ、それと同時に胸の先端に歯を立てられた私は、もう耐えられなかった。

「ひゃっ、あ、ああんっっ」

ビクンと大きく身体を揺らしながら、背中を反らす。

けれど、彰人さんの意地悪な指と舌は止まらない。そのたびに私の腰は跳ね上がり、嬌声が喉から漏れる。目には生理的な涙が浮かんだ。

「もっと感じて、まなみ。もっと声をあげて啼いて」

その涙すら舐め取った彰人さんは、胸の膨らみと秘唇の両方を愛撫し、私を喜悦の渦に突き落とす。

もう何も考えられなかった。ただただ彰人さんに言われるまま、啼いて、喘いで、蜜を垂らし、無意識のままに腰を動かした。

もうおなじみになった何かが、奥からせり上がってくる。解放を、求めている——

「あ、あ…きひと…さん」

助けを求めるように、私は彰人さんのシャツを掴んで縋りついた。今この瞬間、私の世界には彰人さんしかいない。

彼だけだ。私を助けられるのも、地獄に落とすのも。

涙に濡れた私の目尻にキスを落としてから、彰人さんは私の耳元で囁いた。

「まなみ……イっていいよ」

そう言うや否や、彰人さんは秘裂に差し込んだ指をくいっと曲げて、私が一番感じる部分を執拗にいたぶり始めた。

「ひぅっ!?　……あ、ああっ、だ、だめ……だめ、い、いやあ……ああっ」

腰が無意識に浮き上がる。彰人さんの指がいいところを突くたびに、何度も何度も跳ね上がる。

目の前にパチパチと火花が散った。私の中から何かが噴出しようとしているのが分かる。

「ああっ……、だめ、だめ、もう、もうおかしくなる!　彰人さん!」

叫びながら、私は身体の奥からせり上がってくるものに身を委ねた。

「い、あ、あああああっっ！」

悲鳴をあげて、彰人さんのシャツを掴んだまま仰け反る。

視界が真っ白になって。頭の中も真っ白になって。私の世界が一瞬、何もかも純白に染まる。

秘裂に差し込まれた彰人さんの指をぎゅうっと締めつけ、私は絶頂に達した――

「はぁ、はぁ、はぁ、はぁ」

放心したまま、私は荒い息をついた。身体に残る快感のせいで、何も考えられない。何も聞こえない。聞こえるのは、ドクドクと脈打つ自分の心臓の音だけだった。

――だけど。

「ひゃっ……!?」

休む間もなく、指の動きが再開される。しかも、更に数が増えて三本になっていた。

昨夜、彰人さん自身を何度も受け入れたそこは、熱も腫れぼったさもまだ失っていない。指が一本増やされただけで、ヒリヒリと鈍い痛みを伝えてきた。

なのに、中でバラバラに動く指に壁を擦られ、感じる部分をコリコリと引っかかれているうちに、蜜をどんどん溢れさせ、準備を整えていく。――彼を受け入れる準備を。

彰人さんはいつもこうだった。

余裕があるからだろうけど、自分の欲望を発散させるのは後回しにして、私の身体を丹念に愛撫し、開かせていく。

意地悪な言葉で責められ、時には延々と続く愛撫に焦れて哀願するハメになる。けれど、初めての時を抜きにすれば、彼は一度たりとも私の肉体を傷つけたことがない。

どんなに私に腹を立てていても。お仕置きという名目で私を激しく抱く時でも。いつも、いつも、彼の手は私への気遣いに溢れていた。

とても大切にされて、守られていると感じられる。

あんなに抵抗して彼に惹かれまいとしたのに、結局婚約までしてしまったのは、それがあったから。

どんなに翻弄されようとも、根っこのところでは安心して寄りかかっていられる人だと知っていたから。

こんな時に――ううん、こんな時だからこそ、私は心と身体を開くことができる。

頭を撫でられるのが、好き。あなたの優しい手が、好き。

……彰人さん、あなたが好き――

「彰人さんっ……」

私はポロポロと涙を流しながら、彰人さんを見上げた。

「まなみ……、その顔は反則だ」

はぁ、と悩ましげな息をついて、彰人さんは言う。

「もう少し弄っていたかったのに、我慢できなくなる」

そう言いつつも手を動かし、私を更に追い詰める。

「あっ、んっ……」

一度達した身体は恐ろしいほど敏感で、すぐにまた頂上に上ろうとしていた。

喘ぐように息をしながら目を閉じていた私は、不意に内股に温かい息を感じて目を見開く。

「ま、まっ……」

待ってと言い切らないうちに、秘唇の上の敏感な突起を口に含まれた。

「ひっ……！」

充血した花芯に、彼の唇が、そして舌が触れる。なのに、指による秘唇への愛撫も止むことはない。

快感を二ヶ所に同時に与えられ、再び絶頂が近づいたその時――彰人さんの歯が、突起を軽く噛んだ。

――ソコから脳天まで、電流を流し込まれたように感じた。

そして私は、一気に頂点へと押し上げられる。

「い、いやぁぁぁ!!」

そう叫んだ瞬間、私は絶頂に達した。

「はぁ……はぁ……」

達した衝撃で仰け反ったまま、荒い息を吐く。耳の奥で鼓動がズキズキと脈打つ。

気力も体力も根こそぎ持っていかれた気がして、ぐったりとソファに沈んだ私の耳に、彰人さんの声が聞こえてきた。

「すごい。中がうねって、指を締めつけてる」

彼がしゃべるごとに、突起に熱い息がかかって、私はビクビクと震えてしまう。

何かイヤラシイことを言われている気がしたけど、何も考えられずに目を閉じていた。

「もうそろそろ大丈夫だな」

そんなつぶやきが聞こえ、彰人さんの指が私の秘唇から引き抜かれる。

ずちゅっと卑猥な水音をたてて指が引き抜かれるその感覚に、私のアソコがヒクついて、蜜を垂れ流す。

私は「革張りのソファが汚れてしまう」とぼんやり考えていた。

けれど、彰人さんはまったく気にしていないようだった。それどころか、ぐったりしている私の上半身を起こし、ソファの背もたれに背中を預けさせる。

こうしてソファに座っている体勢になってしまうと、秘所から流れ出てくる蜜がますますソファを汚してしまうのに。

「ソファ……汚れちゃう……」

息も絶え絶えに訴える私に、立ち上がった彰人さんは事も無げに言う。

「後で拭き取れば問題ない。今はそれよりも……」

欲望に掠れた声で「君を抱きたいんだ」と続けた彼は、ズボンのベルトに手を掛けた。

直視できなくて目を閉じた私の耳に、カチャカチャとベルトを外す音が聞こえてくる。続いて、何かを破く音も。

そして準備を終えた彰人さんが、私に向かって手を伸ばした。足を優しく押し広げられ、私は目を閉じたまま息を呑む。

この後、何が行われるのか、彰人さんが何をしようとしているのか、もちろん分かっている。

……本人に面と向かっては言えないけど、私もそれを望んでいた。

膝を抱えられ、強制的にM字の形を取らされた私の足。その間にある濡れた秘唇に、熱いものが押し当てられた。

次の瞬間、グチャッと音を立てて中に突き入れられる。

「あっ、あああぁ!!」

強い圧迫感を覚えながらも、トロトロに溶けたそこは、彰人さんの一番太い部分を容易に呑み込んでいく。隘路を押し広げられる感覚に、私はわなないた。

やがて、私の足の間に彰人さんの腰がこつんとぶつかり、私は彼の全てを受け入れたことを知る。

彰人さんの剛直が、中でドクドクと脈打っているのも感じられた。

……彰人さんが私の中にいる。

もう数え切れないほどこうして交わってきたのに、彼を受け入れるこの瞬間だけは、嬉しいような尊いような、不思議な感覚に囚われる。

けれど、その感覚はあっという間に霧散した。

「んっ、あぁ、あぁ」

彰人さんに、息を整える間もなく突き上げられた。熱くて脈打つものが奥へ奥へと入り込んでは、すぐに引き抜かれる。敏感な壁を擦るその感触に、私の肌がざわめいた。

浅いところまでゆっくりと引き抜かれた彰人さんの楔は、今度は一転、容赦なく奥に入り込んでくる。ずんと突き上げられ、私はたまらず声をあげた。

「あっ、んぁ、あぁぁ！」

何度も何度も引き抜かれては、お腹の奥を犯される。そのたびにそこがキュンキュンいって、彰人さんの楔に絡みつく。

「はっ、そんなに締めつける、な」

息も荒く言う彰人さんは、うねる膣壁を太いものでズリズリと擦り上げた。

「ああっ、あっ、ああ」

貫かれるたびに、私の口から嬌声が漏れる。

グチャ、グチャ、と淫らな水音が聞こえてきて、私の耳を犯した。

逃げたくても、私の身体はソファと彼の身体に挟まれていて、ほんの少し動かすだけの隙もない。

仰け反りたくても、ただ彰人さんのシャツに上半身を擦りつけることになって、それが新たな快感を生む。

「……あ、あっん、んんっ、……ああ、あ、あ、や、やめ……っ」

叩きつけられる彰人さんの熱い欲芯と、奥を犯すそのリズムに合わせて、私の口から喘ぎ声が漏れる。

結合部から生まれる接触音と水音と、ソファが軋んでギチギチいう音が、昼間のリビングに響いていた。

もう何も考えられない。ただただ、身体は快感を貪るだけだった。

深く差し込まれたまま腰を回され、さっきとは違った場所に刺激が与えられる。同時に花芯を圧迫され、下半身が跳ね上がりそうになった。

「あっ、ん、あ、ぁあっ、んっ」

弱い場所を狙って執拗に突かれ、中から湧き上がる淫悦に嬌声を響かせる。首筋を唇で愛撫されながら突き上げられると、自分の膣が彰人さんの剛直をギュウギュウと締めつけるのが分かった。

彰人さんを受け入れたまま、もう何回イッた？

意識が朦朧としていて分からない。ただ一つ分かるのは――

「まなみ……っ」

私の名前を呼びながら腰を激しく打ちつけてくる、彰人さんの限界が近いということ。そして、私自身も何度目かの絶頂に達しようとしていることだけだ。

「はあっ、んんっ、はぁ、はぁ、……あ、くう……も、もう……！」

私は彰人さんの背中に手を回して、シャツをぎゅっと握り締め、限界が近いことを訴えた。

彰人さんは荒い息と共に命令する。

「俺の名前、呼んで」

そして楔（くさび）を私の最奥に打ちつけながら、胸の膨（ふく）らみを掴（つか）み、その先端をキュッとつまみ上げた。

とたんに、私の下腹部に重くて甘い痛みが走った。その刺激で、私は一気に追いやられる。

身体の奥から白い波が押し寄せ、私を攫（さら）っていく。

「あ、彰人、さんっ！　あ、あああああ！」

私は目を見開き、彼の名前を呼ぶと同時に、何度目かの絶頂に達した。

目の前がチカチカする。頭の中が真っ白になる。

身体は絶頂の余韻にわななき、まだ中にいる彰人さんに、射精を促（うなが）すかのように絡みついた。

「あ、……くぅ」

すると耐え切れなくなったのか、彰人さんは一際（ひときわ）強く私の奥深くに叩き込む。そして呻きながら、自身の欲望を解放した。

　私の中にあるものの質量がググッと増したかと思うと、一気に弾け飛んだ。ゴム越しに、熱い飛沫（ひまつ）が放たれるのを感じる。

中に出されたわけではないけど、お腹の中が熱かった。——とても。

汗ばんだ顔に、場所を変えつつ何度もキスされる。

絶頂の余韻にぼんやりする私を抱きしめ、彰人さんは優しくその肌を撫でた。熱い身体に、彰人さんの少し冷たい手が心地よい。

私の一番好きな時間だ。

セックスが終わった後の男性はそっけないとかよく聞くけど、彰人さんはそんなことはない。

「後戯だ」と言って優しく笑いながら、キスしたり撫でたりしてくれる。

それが高じて、二回目に突入してしまう場合もあるけど。その頻度は……まぁ、けっこう多かったりするけど。

セックス中の彰人さんはまるで肉食獣のようだけど、こうして終わった後は穏やかな雰囲気になって、私をたっぷり甘やかす。優しく抱きしめて、キスしてくれるのだ。

よく彰人さんは私を子猫みたいだと言うけど、本当にそんな気分になる。頭を撫でられながら、彼の膝の上で丸くなって、まどろんでいたい。守られて、愛しまれて。

ずっとずっと、このままで……

ふにゃあと彰人さんにもたれかかり、優しい愛撫に身を任せていると……

剥き出しになっている彰人さんの身体の一部が、無視できない状態になっているのに気付いた。

もちろん、すぐ目を逸らしましたけど！

で、でも、なんというか……その……回復、早くないですか……？

何やらヒヤッとするような予感に襲われ、私は彰人さんからそろそろと身体を離した。

引き止められるかと思ったけど、和みムードが続いているせいか、彼はあっさりと私を放してくれる。

それにちょっとホッとしつつ、ソファが体液で汚れているのが気になった私は、何か拭く物はないかと辺りを見回す。

そんな私の耳に、すぐ近くから衣擦れの音が聞こえた。

え？　と思って振り返ると、私の目に飛び込んできたのは、ソファから立ち上がって服を脱いでいる彰人さんの姿だった。

んん？　ここで服を脱ぐ必要はあるのだろうか？

思わず首を傾げる私の目の前で、彰人さんはあっという間に全裸になった。

均整のとれた、男性美に溢れる肢体が惜しげもなく晒されている。うちの会社の女性たちにとっては垂涎ものだろうと思われる光景だ。

それを私がポカーンとしながら見ていると、彰人さんは腕を伸ばして私を捕らえ、さっと抱き上げた。いわゆるお姫さま抱っこというやつだ。

——はい？

なんで抱き上げられているのか理解できず、「?」マークを浮かべている私をよそに、彰人さんは歩き出した。

私の重さをまったく感じさせない歩みで、リビングを横切っていく。

その先にはお風呂がある。

そうか、私も彰人さんもさっきまで汗だくだったから、きっとシャワーを浴びるつもりなのだろう。だったら脱衣場で脱げばいいのに……

……それにしても、お互い裸のままで抱き上げられているこのスタイルは、いかがなものだろうか。

これって客観的に見たら、すごく変。いや、客観的じゃなくても変。

乙女の憧れである「お姫さま抱っこ」は、裸同士だと全然麗しくも乙女チックでもないらしい。

やっぱり、お互い服を着ていてこそだ。

——などと、私は彰人さんの腕の中で、のんきに考えていた。

ところが、彰人さんは風呂場には向かわず、寝室の方へ向かう。

あれれ?　と思っているうちに寝室に連れ込まれ、大きなダブルベッドの上に下ろされた。昨夜、私がさんざん啼かされた現場だ。

裸でベッドって……これ、マズくないですか?

彰人さんの屹立したものから目を逸らしつつ、私は恐る恐る尋ねた。

「あ、あの、彰人さん？　どうして寝室に……？」

嫌な予感をヒシヒシと感じて、背中に変な汗が流れる。

「ああ、もちろん」

ベッドの脇に立って私を見下ろしながら、彰人さんはにっこり笑った。それは黒くもなく、実に爽やかな笑みだった。

なのに、どういうわけだか嫌な予感が止まらない。

「お仕置きの続きをするためだ。さっき三条さんの話になった時に、君、俺のこと課長って呼びそうになったよね？　だから、お仕置き追加」

爽やかな笑みを浮かべたまま紡がれるその言葉は、いやに恐ろしく聞こえた。

な、な、な、なんですと!?

彰人さんは口をパクパクさせる私の手を掴んで、やんわりと拘束する。

そして、私をシーツに縫い止め、満面の笑みを浮かべて覆いかぶさってきた。

——前言撤回だ。

やっぱり優しくない！　Sだ！　鬼畜だ！

喚く私の声は、彰人さんの口の中に消えた——

結局、その後は一歩も外に出ることができず、当然、実家に帰省することもできずに一日が終わるのだった。

くそぅ、絶倫め……！

＊＊＊

「おおお！　社会人ともなると、こんなところで合コンやるんだね！」

真央ちゃんが興奮しながら言った。

「確かに、居酒屋でやる大学生の合コンとは雰囲気違うよね」

私は真央ちゃんの言葉にうんうんと頷く。

今、私たちは合コンの会場であるダイニングバーに入ったところだ。なんでも、今回の合コンの発起人の一人である、営業部の男性社員の知り合いがやってるお店らしい。

カウンターがあってバーテンダーもいて、いかにもバーっぽい大人向けの雰囲気がある。だけど食事もちゃんとしたのが出てくるので、飲む人も飲まない人も満足できるようになっているという。

私と真央ちゃんはどっちかというと飲むより食べる方が好きだから、ただのバーに連れてこられるよりよっぽどいい。

「うーん、バーに来るには、ちょっと可愛すぎたかな～」

真央ちゃんは自分の身体を見下ろしながら言う。

彼女の今日の服装は、裾にシフォンが付いた花柄のチュニックにレギンスを合わせた、若々しい格好だった。

「可愛くていいんじゃないの。真央ちゃんに似合ってるよ、それ」

「まなみちゃんは、今日はすごく大人っぽいトップスだよね。それって彰人さんにもらったやつでしょう？」

「あー、まぁ、ハハハ……」

私は乾いた笑いを浮かべた。

今日の私はピンクのハイネックカットソーに、薄いグレーのフレアスカートというでたちだった。

真央ちゃんに褒められたトップスは、「彰人さんが首筋に跡を付けるせいでハイネックの服ばかり着るハメになった」とブーブー文句を言う私に、彰人さんがプレゼントしてくれたもの。

……私は服が足りないと言ったのではなくて、首に跡を付けるのを止めろと言ったんですけどね！

それが分かってて、わざわざこうしてハイネックの服を買ってくるんだから、どこまで根性が悪いんだろうか。

昨日の夜も新しい跡を付けられ、こうしてハイネックの服を着るハメになった私は、心の中で婚約者を罵倒した。もちろんこれには、今日、私だけ監視されることへの恨みも含まれている。

洋服で懐柔しようったって、そうはいきませんからね！ そりゃ、確かにこの服は素敵だけど！

私には手が届かないくらい高そうなものですけど！

彰人さんがくれたものだから、当然、そこらへんのスーパーや衣料品店で買った安物じゃない。首の部分と袖がレースになっている、かなりお洒落なデザインのものだ。付いてるタグは知らないメーカーのものだけど、なんとなく外国のブランドって気がする。

首回りがレースじゃ肝心なところを隠せないのでは？　と思ったりしたけど、細かい模様の入った繊細なレースはピンク色をしているので、肌の赤みをうまく隠してくれていた。

レース以外の部分はシルクコットン素材で、すごく肌触りがいい。このレースの部分の豪華さといい、肌触りのよさといい、相当高いものだろうと思う。

もちろん、彰人さんに値段を聞いても答えてくれなかったけれど……

会社に着ていくのがもったいなくて、箪笥に入れておくだけだったこの服。それを「今日着ていけば？」と言ったのは、プレゼントしてくれた本人だった。

「ソレを隠したいのなら、ちょうど良いんじゃないのか？」

と、首筋にしっかり付いた赤い跡を指差しながら。

だ・か・ら、跡を付けないでいてくれるのが一番いいんですけど！

「服っていえば、彰人さんの今日の格好にはびっくりだよね。一瞬、誰かと思ったもん」

真央ちゃんがクスクス笑いながら言った。

「そうだね」

私も先ほど別れたばかりの彰人さんを思い出して、笑みを零す。

合コンの参加者がほぼ全員うちの会社の社員だから、見つからないようにと思ったのだろう。彰人さんはいつもは決してしないような服装をしていた。白とグレーのVネックカットソーを重ね着し、黒のレザージャケットを羽織って、ボトムはジーンズという格好だ。

ちなみに普段の彰人さんは、プライベートでもシャツとジャケットが基本。私もそっちを見慣れているので、迎えに来た彰人さんの姿を見た時は、「あなた、誰?」と思ってしまったほどだ。

けれど、仕事モードの時なら違和感を覚えるだろうそのカジュアルな服装も、メガネを外して前髪を下ろしたプライベートモードの彰人さんには、よく似合っていて……はっきり言って、とても格好よかった。

とにかく「仁科課長」とはまったく違った印象なので、あれなら道ですれ違っても、会社の人は彰人さんだと気付かないに違いない。

もちろん、別の意味で会社の女性陣から注目されちゃうかもしれないけど。

真央ちゃんは口に手を当てて笑いをこらえながら、こっそり言った。

「本気でまなみちゃんを陰から見守るつもりでいるんだね、彰人さん」

「そ、そうみたい……」

透兄さんが彰人さんに番犬代わりにされたことを、真央ちゃんは非常に面白がっていた。そのことを伝えた時、電話の向こうで爆笑していたくらい。

監視が付くと知ったら気を悪くするかな？　と思っていた私の心配は杞憂だったようだ。

まぁ、美形ウォッチングが趣味の真央ちゃんにしてみたら、たとえ合コン相手が全員好みでなくとも、彰人さんという美形を鑑賞できるので損はないんだろう。

それに、彰人さんの監視対象が自分ではないと分かっているから、気が楽なのかもしれない。

更には彰人さんなら、真央ちゃんにとって都合の悪いことを透兄さんたちにペラペラしゃべるようなことはしないと、知っているからでもあるに違いない。

何しろ、ここへ来る途中の車内で、彰人さんは真央ちゃんにこんなことを言ったのだ。悪戯っぽく、片目を瞑りながら。

「もし誰か気に入ったヤツがいて、お持ち帰りされたくなったら、俺に言って。『真央さんはまなみのところに泊まることになったから』ってアリバイ工作してあげるからね」

真央ちゃんが喜んだことは言うまでもない。

「ありがとうございます。もしそうなったらよろしくお願いします、彰人さん！」

そう言ってはしゃぐ真央ちゃんと彰人さんは、まるで共犯者のようだった。

ちなみに彰人さんは今、車を駐車場に置きにいっているところだ。一緒に店に入ると彼の正体が会社の人たちにバレる危険性があるため、私たちは先に入ることにしたのである。

店の奥に用意された大人数用のスペースにたどり着くと、そこにはすでに大勢の人たちが集まっていた。

私の姿に気付いた水沢さんが近寄ってきて、席まで連れていってくれる。

「上条ちゃんは男の人と知り合う必要がないから、両隣は女の子の方がいいでしょう？　瀬尾さんだって、最初は女の子が近くにいた方が緊張しないだろうし。あ、大丈夫よ、そう言っても向かいは男だから。もちろん、後で移動してもいいんだしね」

どうやら水沢さんが気をきかせて、私たちの席を自分のすぐ隣にしてくれたみたいだ。周りにもうちの部署の女性が多くいる。

「まなみちゃんの近くならどこでもいいですよ。女の子だけで固まってもOKです。むしろその方が、まなみちゃんに近づく男の人を牽制できるし」

真央ちゃんはにこにこ笑って言った。

「え？　何それ？」

後半の台詞に大いに疑問を感じて、私は思わず尋ねる。そんな私の言葉を遮るように、水沢さんが身を乗り出した。

「あ、課長から何か言われてるのね？　あの人、過保護で独占欲も強いから」

私のハイネックに隠された首筋を見ながら、水沢さんはにやりと笑った。

その笑い方、やめてください、水沢さーん。

「今日の合コンにまなみちゃんを引っ張り出したのは私なので、無防備なまなみちゃんをしっかり守って、無事に彰人さんに返さないといけませんから」

そう言いつつ、真央ちゃんもなぜかにやにやしている。

「うちの部署の連中だけだったら心配いらないけど、今回は他部署の人も参加してるからねぇ」

実は事前の顔合わせの時、水沢さんには真央ちゃんを紹介していたんだけど、二人はものの見事に波長が合ったらしく、あっという間に仲良くなっていた。

そりゃ、どっちも明るくて話好きだから、気が合うだろうなとは思ったけど。ただ、二人が楽しそうにしゃべっているのが、私と彰人さんの話題というところが微妙だ……

「彰人さん、一瞬たりとも指輪を外すなって厳命したそうですよ」

「うわあ、言いそう！　他の男を牽制したいんだろうね。まぁ、上条ちゃんはやたらと無防備だから気持ちは分かるけど」

「うちの弟も言ってましたよ。まなみちゃん、軽い男性恐怖症が治ったのはいいけど、男に対して無防備＆無頓着だから心配だって」

無防備だとか無頓着だとか、酷いことを言われている気が……。それに、私のどこが無防備だというんだろうか？　自分ではそんなつもりはないんだけど。

私が首を傾げている間に、いつの間にか二人の話題は別のことに移ったようだ。しかも、私にとって更に嫌な方向に。

「今日のまなみちゃんのトップスは、彰人さんがプレゼントしてくれたそうなんですよー」

「ほおお」

真央ちゃんの言葉に、水沢さんの目がキランと光るのが分かった。

婚約を発表して以来、うちの部署の女性社員は私と彰人さんの私生活に興味津々(しんしん)で、色々ネタを見つけてはからかってくるのだ。

私の首筋についたキスマークやら、それを隠すためのハイネックの服やらは、格好の話の種になっている……らしい。

彰人さんはいつものごとく笑顔でスルーしてるけど、私はそうはいかず、みんなのオモチャとなっていた。

「ま、真央ちゃんってば……」

できれば、このカットソーのことは言って欲しくなかった。水沢さんには知られたくなかった。だって、ほら――

「ハイネックのカットソーをプレゼントねぇ」

水沢さんが、にやにやと意味ありげに笑っている。さも面白いことを聞いたぞと言わんばかりに。

私は、またもやゴシップの種を提供してしまったことを悟ったのだった。

＊＊＊

全員が簡単に自己紹介した後、合コンは始まった。

私は自己紹介の時点で真央ちゃんの付き添いであることと、恋人がいることをカミングアウトした。これでもう私に声をかけようなんて男の人はいないだろうから、彰人さんも文句はないはず。

私の相手が誰だか知っているらしい営業部の女性たちが、私を見てヒソヒソ話をしていた。だけど、そこさえ気にしないようにすれば後はＯＫ。真央ちゃんや水沢さんと話をして過ごせばいい。

もっとも、向かいの席に座っている営業部の男の人たちと、世間話くらいはしないと失礼だろうけど。

……そういえば、彰人さんはどうしたのかな。

ふと気になって、店内をキョロキョロと見回した。すると、ちょうどこっちのブースが見える二人掛けの席に、男の人が座っている。そこそこ距離があるけど、人の判別はつくくらいの位置に。

あれ、彰人さんだ。でも……どうしてサングラスをかけてるの？

そう。見覚えのあるレザージャケットを羽織(はお)ったその人は、サングラスをかけていたのだ。

多分、こっちを見ているのがバレないようにするためだとは思うけど……。素顔のままでいるのと同じくらい目立っている気がするのは気のせいだろうか？

隣にいた真央ちゃんも彰人さんに気付いたらしく、水沢さんが別の人と話している隙(すき)に、声をひそめて言った。

「あれ、彰人さんだよね。サングラスしてるの」

「う、うん、間違いなく」

「目立って……るよね？」

「目立ってる……ね」

椅子から大きくはみ出した長い足、均整のとれた体躯、サングラスの下から覗く端整な顔立ちは、隠しようもなかった。その隣に座っているカップルの女性の方が、彰人さんの方をちらちら横目で見ている。

私の胃の辺りがズシンと重くなったのは、まぎれもなく嫉妬心が原因だ。

ムカムカする。いくら格好良いからって彰人さんに見とれてないで、目の前の彼氏に集中して欲しい！

と、ついそんなことを思ってしまう。

——彰人さんとこういう関係になるまでは知らなかった、醜い自分の心。

まぁ、私が嫉妬してムクれていると、なぜか彰人さんは嬉しそうだったりするんだけど。そして、それが更に私のムカつきを増大させるんだけど。

でも！　嫉妬しちゃうのは仕方ないことだと思う。だって婚約者だもの。恋人だもの。

こういう時、婚約指輪を女性だけが嵌めるのは理不尽だと思ってしまう。私が彰人さんのくれた指輪を嵌めているのだから、彰人さんだって私のものである証を身につけるべきじゃない？

ああ、またあの彼女さん、彰人さんの方を見ている。ギャルソン姿の女性店員さんだって、やたらと彰人さんの方を見てるし！

もう！　どうしてサングラスをかけてても、あんなにモテるのかな、あの人は！　もしやフェロモンでも垂れ流してるんじゃないの？

公害だ。絶対、歩く公害だ！

むぅと睨(にら)んでると、彰人さんと目が合った気がした。同時に彼の口の端がつり上がったから、多分、気のせいじゃないはず。

私は数回瞬(まばた)きをして、「気付きましたよ」と合図をする。そこで、ちょうど「初めまして」と話しかけてきた目の前の男性に向き直った。

女性の注目を浴びちゃうのは、彰人さんのせいじゃない。それは分かってる。……分かってるけど。

私は「こうなったら早く合コンを終わらせて、彰人さんを回収しないと！」と思っていた。

——彰人さんの方も、まったく同じことを思っていたなどとは知らずに。

私の向かいに座っているのは高崎陽輔(たかさきようすけ)さんという人で、今年の九月に名古屋の支社から異動してきたばかりだそうだ。

支社から本社に異動になるくらいだから、営業マンとしてかなり優秀なのだろう。やり手とは思えないくらい、愛嬌のある童顔をしているけど。

ただ、さすがは営業マンだけあって話がうまい。男の人と話すのが苦手な私にしては、けっこう話が弾んでいた。

高崎さんは東京に来て間もないし、営業部の人たちは出払っていることが多いので、まだそれほど親しい人がいないらしい。それで、知り合いを増やそうと思って、この合コンに参加したのだという。

彼女を作りたいと思ってるわけじゃないらしいので、私としても安心して話せるってものだ。

「名古屋の方なのに、標準語でしゃべるんですね」

「あ、俺、元々はこっちに住んでいたんですよ。高校生の時に、親が名古屋に転勤することになって……。だから基本は標準語。あ、でも名古屋弁もしゃべれますよ？　向こうの人は東京モンに厳しいんで、俺、あっちでは名古屋弁でしゃべってたんです」

「ああ、地方出身の人は東京では標準語をしゃべるけど、地元に帰って友達と話すと自然と方言になってるっていうのと同じですかね？」

「そうそう、そんな感じ。意識しなくてもつい、つられて出ちゃうんだよね、方言って」

合コンだと思って気負わずに、普通に話ができるのはとても楽だった。それは多分高崎さんに、私をどうこうしようという気がまったくないからだろう。

だから、普通の飲み会感覚で話ができていた。まぁ、世間話程度のものだったけれど。

ちなみに私が彼と話をしている間、隣の席に座る真央ちゃんは、水沢さんやうちの部署の男性陣と、大学院の話や就職活動の話で盛り上がっていた。

真央ちゃんは部外者だけど、それがかえってよかったのかもしれない。会社の人間だけで集まると、どうしても仕事の話になってしまいがちになる。だから真央ちゃんという外部の人が入ったおかげで、自分の出身大学や就職活動のエピソードなどで話が弾んでいるようだった。

水沢さんが他社の面接を受けた時にセクハラまがいの質問をされたエピソードを、真央ちゃんに話している。それを見て、高崎さんは言った。

「上条さんの従妹さんって美人だね」

「そうでしょう！」

従妹を褒められた私は、うれしくてにっこり笑った。若干お酒が入っていることもあって、少し浮かれながら自慢する。

「真央ちゃんのお姉さんも、すごい美人なんですよ！　っていうか、従姉妹は私以外、みんな美人なんです」

高崎さんは私の言葉を聞いて、目を見開いた。

「そんな、上条さんだって美人ですよ。どっちかというと可愛いって感じですけど」

私はにっこり笑う。

「気を使ってくれてありがとうございます。でも従姉妹たちは美人顔なのに、わたし一人だけ系統が違うのは確かなんです」

どうせお世辞だろうけど、自分を卑下する私にすぐフォローを入れてくれるなんて、とてもいい人だなぁ、高崎さんって。さすが営業マンというべきか。

「いえいえ、本当にそう思ってますよ。でも残念だな、彼氏がいるんですよね？」

高崎さんは私の左手の薬指を見ながら苦笑する。

「はい」

私は頷きつつ、内心こう思っていた。

いますよ、しかもこの店内にね……ハハ。

「ちょっと見せてもらってもいいですか？　指輪」

「えっ？」

「その、彼氏さんがどういう指輪を贈ったのかが気になって。参考にさせてもらおうかと」

「はぁ。どうぞ」

自己紹介の時は言ってなかったけど、実は高崎さんにも彼女がいるのかもしれない。

私はキョトンとしながら、左手の甲を高崎さんの前に差し出した。

指輪を取って見せた方がよかったのかもしれないけど、ホラ、彰人さんに外すなって言われているから……

その左手を高崎さんがそっと握ったので、私はちょっとびっくりした。

彼は私の手を取り、指輪をじっと眺める。

「これ、ただの指輪じゃないですね。……もしかして、婚約指輪ですか？」

「え、ええ、そうです」

そういえば、自己紹介の時は恋人がいるとしか言わなかったっけ、私。

だけど、この指輪を見れば、ただのクリスマスとかバレンタインのプレゼントではないことが分かるだろう。

指輪の中心に燦然と輝くダイヤモンドが、この指輪の意味を明確に表している。

しかも、このダイヤ、それほど大きいわけじゃないけど、かなりクオリティの高いものみたい。

多分、最高品質だと思う。

……まぁ、佐伯家の人が買ったものだから……ねぇ。

おかげでこの指輪の価値がどのくらいあるものか、未だに聞けていなかったりする。

知ったとたんに、空恐ろしくて外したくなるに決まっているから。

「婚約してるんですか……。せっかく知り合えたのに、心底残念です」

高崎さんは本当に残念そうに言って、私の手を放した。

まさか私を気に入ったとは思えないので、これもきっとお世辞なんだろう。さすが営業マンだ。

この微妙に女心をくすぐるやり方といい、話がうまいことといい、かなり優秀であるに違いない。

優秀な営業マンといえば、同期で今は東日本営業部にいる柏木君もそうだけど、彼の場合は相手を包み込むような優しさというか、この人に任せれば安心と思えるような誠実さが一番の武器だと思う。

一方、高崎さんの方は、きっと相手の心に自ら切り込んでいくような、そんなタイプなんだろう。

同じ営業マンでも色々なタイプがいるんだな～と私が感心していたら、不意に高崎さんが言った。

「だけど、せっかく知り合えたんだし、メルアド教えてもらってもいいですか？　やっぱり営業としては、色んな部署に知り合いを作りたいと思っているので」

「営業さんって大変なんですね。いいですよ」

と、私は気軽に頷いた。

そういえば、合コンの席でメルアドを交換するのは初めてかもしれない。合コンの機会がそれなりにあった大学時代も、男の人に興味を持たれることなんてなかったし。

いや、今のこれだって、別に興味を持たれたわけではないんだけど。

バッグからごそごそと携帯電話を取り出していた私に、真央ちゃんと水沢さんが血相を変えてストップをかけた。

「――ちょっと待った！」

私はびっくりして顔を上げる。

「こっちが話し込んでいる間に……油断も隙もないわね」

「もう、まなみちゃんってば、無防備すぎだよ！」

二人のあまりの剣幕に、私の携帯を持つ手が止まる。

「……は？」

どうして二人が焦っているのか分からず、私がキョトンとしていると、真央ちゃんが私の両肩にがしっと手をかけ、自分の方を向かせた。

「よく知りもしない人に、アドレスをホイホイ教えちゃ駄目だよ、まなみちゃん」

「え、だって同じ会社の人だよ？　それに営業さんだから、色んな部署に知り合いが欲しいだろうし……」

「それが無防備だっていうの！」

――私が真央ちゃんに説教されている横で、水沢さんが高崎さんに向かって言った。

「この子は駄目。自分の身が可愛ければ、ちょっかい出すのはやめておきなさい。この子の婚約者はうちの部署の上司で、怒らせたら恐い人なんだから」

その言葉だけで、高崎さんは私の婚約者がそこそこ地位のある人間だと悟ったようだ。

「うーん、上条さんってすごく可愛いし、ぜひとも仲よくなりたかったけど、わが身は可愛いからなぁ」

と、本気とも冗談ともつかない声で言う高崎さん。

水沢さんはフーとため息をついた。

「うちの部署に知り合いが欲しいなら、私のアドレス教えてあげるわ。こう見えても各部署に知り合いがいるし情報通だから、連絡先知ってて損はないわよ。でも、そのかわり営業部で何かめぼしい話題があったら教えてもらうからね。もちろん、こっちで面白い話があったら教えてあげるから」

その水沢さんの言葉に、高崎さんは目をきらめかせた。

「面白い人ですね。その話乗りました！　あ、改めて自己紹介しますが、営業部の高崎陽輔です。九月に名古屋支社から異動してきました。今後ともよろしくお願いします」

「私は新事業推進統括本部の水沢明美。こちらこそよろしくね」

よく分からない協力関係が成立している横で、私は引き続き真央ちゃんからお説教を受けていた。

「まなみちゃんは、もう少し男性に対して警戒心を持ったほうがいいと思う」

「警戒心は持ってるよ。だって今も苦手だもの、男の人と話すの」

「そうじゃなくって。ええと……」

そこまで言って、真央ちゃんはハァとため息をついた。

「最初に話を聞いた時はただ面白がっていただけだけど、彰人さんが番犬を引き受けるほど心配する気持ちも分かる気がする……」

――彰人さん。

その真央ちゃんの言葉で、彼がこの店にいるのを思い出した。

思わず忘れかけていたけど、私、監視されてるんだった！

慌てて彰人さんがいる方を見た私は、「ひっ」と悲鳴を呑み込んだ。

彼は腕を組んでこっちを見ていた。サングラス越しだから表情は分からないけど、全身から発する不機嫌なオーラが、渦(うず)を巻いているのが見て取れる。

ひぃぃ、怒ってらっしゃる！

遠目にもはっきり分かる。あれは怒っている。すごく怒っている。

ええ、なんで!?

……と考えかけて、さっきの高崎さんとのやり取りの中で、彼に手を握られたのを思い出した。

いや、本当は指輪を見せていただけなんだけど、彰人さんには私が他の男に手を握られていることしか分からなかったに違いない。独占欲の強い彰人さんなら、そりゃ怒るだろう。

でも、それは誤解だ！

今すぐ言い訳したいけど、彰人さんがここにいることを、みんなに知られるわけにはいかない。

違います！　という意味を込めて首を横に振ってみたけど、彰人さんの怒りのオーラは全然収まらなかった。

……あうううう。

私は彰人さんをちらちらと見つつ、どうにもできないと悟る。そして彼の機嫌を直すのは諦め、気分を変えるために化粧室へ行くことにした。

席を立った時に気付いたんだけど、いつの間にやら水沢さんと高崎さんがメルアド交換を済ませている。もし高崎さんとメルアドを交換していたら、余計に恐ろしいことになりそうだったので、正直助かった。

私は少しホッとしつつ、真央ちゃんに化粧室に行くことを告げて、席を離れた。

トイレを済ませて手を洗った私は、ふうっとため息をついた。

お手洗いは暖房があまり効いていなくて、酔いのためか火照(ほて)った顔に、ひんやりした空気が気持ちいい。

洗面台の鏡を見ると、やや赤みを帯びた顔が映っている。更には若干潤(うる)んだ目が自分を見返していた。

「無防備……かなぁ？」

真央ちゃんの言っていたことを思い出す。

そういえば、彰人さんにも色々言われていたっけ。二人が言うからには、私はやっぱり無防備なんだろう、多分。

冷静になって考えてみれば、確かに知り合って間もない男の人に、簡単にメルアドを教えるべきじゃなかった。

ただ目の前にいたから話しかけてくれただけで、高崎さんに他意はなかったと思うけど。

もし教えていたら、そしてそれを彰人さんに知られていたら、またお仕置きフラグが立つところだった。真央ちゃんと水沢さんには感謝しないといけない。

「よし、戻ろう」

二人にこっそりありがとうって言って、合コンが終わるまでに彰人さんに対する言い訳を考えなければ。

これからやるべきことを頭の中で考えながらトイレを出た私は、扉を開けて一歩踏み出したとたん、誰かに抱きつかれた。

「んぎゃー！」

とっさに奇声をあげてしまった私を、その誰かはギュウギュウと抱きしめてきて、自分の胸に私の顔を押し付ける。

抱きしめられた時の感触と、ほのかに香る匂いで、その人が誰なのかすぐに分かった。

――彰人さん。

「あの男は誰だ？」

頭上から唸(うな)るような低い声が聞こえた。

「ええと、営業部の高崎さんって人です。……って、あ、彰人さん」

レザージャケットの感触が冷たくて気持ちいいけど、気持ちいいけど……

ここってトイレの前ですよ？　いつ誰が来るか分からないところですよ？

「誰かに見られたらマズイです。彰人さんがいることだってバレちゃいますよ！」

私はもがいて腕から逃れようとする。けれど体格差がある上に、手を離すつもりのない彰人さんはビクともしない。それどころか、ますますその腕に力が入った気がした。

「……なんだかバレてもいいような気がしてきたよ」

低い、低い声が降ってくる。

やっぱり絶賛お怒り中のようです！　……キョワイ。

「そうすれば、君にチョッカイ出す男はいなくなるだろう？」

抱きしめられているから、彰人さんの表情は分からない。でも今、壮絶なまでの黒い笑みを浮かべているような気がする！　そして高崎さんの死亡フラグが立ったような気がする！

これは――ヤバイかも。

「いや、私、チョッカイなんて出されてませんっ」

私は慌てて否定した。

「なら、なんで手を握られていた？」

「あれはただ、指輪を見せてくれっていうから手を差し出したんですっ。もっと近くで見るために、彼は私の手に触れただけですっ」

「指輪？　なんで指輪を見る必要がある？」

「将来の参考にしたいって言ってました。きっと彼女がいるんですよ」

「なんで恋人がいるヤツが合コンに来ているんだ？」

「異動してきたばかりで親しい人がいないから、これを機に他部署の人と知り合いになりたいんだそうです」

「フンッ」

彰人さんは鼻で笑った。

「それで、知り合いになりたいから連絡先を教えて欲しいとか言われて、バッグから携帯を取り出してたんだな？」

「あう……」

なんで分かるのでしょうか……声も聞こえないくらい離れていたのに。

もしかして……エスパーだったりするのかしら？

「それで、すんでのところであの二人に止められたというわけだ」

やっぱりエスパー？

「それくらい、大体予想つくよ」

私の頭上で、彰人さんが盛大なため息をついた。

「まなみ」

腕の力を少し緩めると、彰人さんは私の頤に手を当てて上向かせた。

すると私の目に飛び込んできたのは、微苦笑を浮かべている彰人さんの顔。

「……本当に危なっかしいな、君は」

私の頬に触れながら、彰人さんは言う。

「どうして俺が君を無防備だと言うのか、全然分かってないんだろう？」

「い、いえ」

私はトイレで考えたことを思い出して、首を横に振った。

「知り合ったばかりの人に、気軽にメルアドを教えるべきではないですよね。ごめんなさい、考えが足りませんでした」

仕事で失敗して謝罪する時のような口調になってしまったのは、本当に反省しているってことを示すため。

まぁ、実際にこの人、現役で私の上司だし。

「いや、それもあるんだけど。俺が言っているのは……君は男の言葉を額面通りに受け取りすぎてるってことだ。言葉の裏に下心とか思惑があるだなんて、まったく考えてないんだろう？」

「んん？」

言葉の裏？　下心？　思惑？　そんなもの、高崎さんにあったのかしら？

キョトンとしている私に、彰人さんは諦めにも似た吐息を漏らす。そして少し屈(かが)んで、私の唇に触れるだけのキスを落とした。

顔を上げた彰人さんは微笑んでいて、さっきまで漂(ただよ)っていた怒りのオーラは消え去っている。

代わりに、妙に甘ったるい雰囲気が……

「仕方のない人だね、君は」

その彰人さんの声は、さっきまでとは打って変わって、とても優しくて甘い。

「だけど、そういうところも気に入ってるんだよね」

「彰人さん……」

「だから、そのままでいい。そのままでいなさい」

そう言って、私の頭を撫でる彰人さん。なんだかよく分からないけど、とにかく彰人さんはもう怒っていないみたいだ。

よかった。私が頭を撫でられながら安堵の吐息をついた、その時だった。

「ちょっと、お二人さん」

弾かれたように身体を離し、振り返った私たちの目に飛び込んできたのは、腰に手を当てて仁王立ちする真央ちゃんだった。

「び、びっくりした。なんだ、真央ちゃんか」

「真央ちゃんか、じゃないよぅ！　遅いから心配して来てみたら、こんないつ人が来るか分からない場所でイチャコラして！」

「イ、イチャコラって……そんなのしてないよ」

私は首をブンブンと横に振って否定した。

若干顔が熱を持っているような気がするのは、アルコールのせい。そう。きっと、お酒のせい。

「抱き合ってる時点で十分イチャイチャしてます。……もう、会社の誰かに見られたら、彰人さんがいることとバレちゃうじゃないのさ。イチャつきたいなら、家に帰ってからにしてね！」

腰に手を当てたまま叱る真央ちゃんに、私は思わず小さくなって「スイマセン」とつぶやく。だけど、悪びれもしない人がここにいた。

「そうだな、そうしよう」

彰人さんはクスッと笑うと、ポケットからサングラスを取り出してかけた。

あ、そういえば、サングラスをかけていたっけ。

「とりあえず席に戻るよ。真央さん、まなみのことよろしく頼むね。それじゃ、また後で」

私と真央ちゃんに向かって軽く手を上げてから、彰人さんは颯爽と自分の席に戻っていく。

それを見送った私は、真央ちゃんにため息まじりにこう言われて、更に小さくなった。

「もう、どっちが合コンの付き添いなのか分からなくなってきた……というより、私がまなみちゃんの番犬のような気がしてきたわ」

……あううう。ごめんなさーい。


真央ちゃんと連れ立って席に戻ると、高崎さんは違う席に移動していて、私の向かいにはなぜか同じ部署の金田さんがいた。

「あれ？」

「いや、水沢っちが……」

金田さんは、同期である水沢さんを指差して言う。

「上条さんに営業部の男を近づけるなと。そういうわけで、今後この席に座るのは、うちの部署のヤツだけになったから。まぁ、見慣れた顔ばっかりになるけど、我慢してくれな」

「い、いえいえ、気を使ってもらってすいません」

私としては、知り合いが傍にいてくれた方が気が楽だ。……彰人さんだって安心するだろうし。

「いやいや。上条さんに何かあったら、俺らが課長に怒られるからさ」

しみじみと言う金田さん。真央ちゃんは面白そうに笑った。

「彰人さんって、恐い上司なんですか？　まなみちゃんの親戚である私には、すごく優しいんですけど」

「いやいやいや」

金田さんは慌てて手を振った。

「仕事に関しては厳しいところもあるけど、基本は優しいいし、いい上司だよ。お世辞でもなんでもなくて、マジで。……だけど」

そこまで言って、なぜか私をちらっと見る金田さん。

「上条さんが絡むと人が変わるんだよ。……にっこり笑いながらも、威圧感バシバシでさあ……恐いのなんのって」

ええと、それは単に被った猫が剥がれかけてるだけです、金田さん。

「だから、どうしても上条さんを無事に課長のところに帰したいと思ってるんだ」

「本当にもう、なんだか色々すいません……」

小さくなって謝りつつ、どんだけ駄目っ子だと思われているんだろうかと、いささか自分が情けなくなる。

私が同じ部署の人たちに囲まれていれば安心できると思ったのか、真央ちゃんはあっちこっちへ移動しておしゃべりしていた。

せっかくの合コンを真央ちゃんに楽しんでもらいたいから、私としては一安心だ。

その私はといえば、時々代わる向かいの人——本当にうちの部署の人ばっかりだった——と話しているだけで、移動は一切していない。

仕事の話をしたり、彰人さんの私生活を聞かれたりと、会社でいつもしているのと同じような会話を交わしているうちに時間は過ぎていった。

そして、あともう少しで合コンが終わるだろうという頃。

同じ部署の坂下さんと話をしていた私は、会話が途切れた隙に彰人さんの様子を窺った。すると、その向かいの席に誰かが座っているのに気付く。

スーツを着た男の人なんだけど、後ろ姿なので誰かは分からない。だけど、彰人さんと知り合いなのは確かなようで、何やら会話を交わしているのが見て取れた。

偶然この店でばったり会って、一緒の席についているのだろうか。とにかく、ついさっきまではいなかったはずだ。

彰人さんの知り合い……

そう思って真っ先に頭に浮かぶのは田中係長だけど、背格好が違う。

誰だろうと思ってじっとその後ろ姿を見つめていると、なんだかとても見覚えがあるような気がしてきた。

襟足（えりあし）が長めの髪とか、彰人さんと同じくらい背が高そうなところとか、長い足とか。

あ、あれ？　なんだか悪い予感がする。

あの背格好で、彰人さんと私の共通の知り合い。その条件に該当するのは――一人しかいない。

私は思わず悲鳴をあげたくなった。

……間違いない。あの後ろ姿は透兄さんだ。

三条透。私と真央ちゃんの従兄（いとこ）で、私たちの生活に干渉しまくる過保護な俺様野郎だ。

なななな、なんで透兄さんがこんなところに!?

ぐ、偶然？　偶然なの？

そんなわけないと知りつつも、そう思いたい私を誰が責められよう。

「ただいま、まなみちゃん」

上機嫌な真央ちゃんが、実にタイムリーなタイミングで戻ってきて、私の隣に座った。

「……真央ちゃん」

私は重々しく言った。

「なあに？」

「今日の合コンは楽しかった？」

「うん！　同級生たちと合コンする時とは雰囲気が違ってて、楽しかったよ！」

満面の笑みを浮かべた真央ちゃんの返答に、私は頷いた。

「ならよかった」

この後に何が待っているか分からないけど、とにかくこれまでの時間を楽しんでもらえてよかったと思う。

「……番犬の方を見てみて」

「番犬？」

と、首を傾げながら彰人さんの方を見た真央ちゃんは、数秒後に「ゲッ」とつぶやいた。

「な、な、なんで透お兄ちゃんがいるの？」

「分からない。ついさっき来たみたいなんだけど……」

「合コンに行ってもいいって自分で許可したくせに、また悪い癖が出たのかな？」

透兄さんの過保護を迷わず悪い癖と称する真央ちゃんは、ある意味すごいと思うんだ、私。

「そ、そうかもね。でも、もうその合コンももうすぐ終わりだから」

「そうだね。十分堪能できたし、今なら透お兄ちゃんの小言を聞いても受け流せるくらい機嫌がいいから、まぁいいか」

とは言うものの、微妙に大人しくなった真央ちゃんと当たり障りのない話をしつつ、残りの時間を過ごす私だった。

合コンが終わった時、すでに彰人さんと透兄さんの姿はなかった。

うちの部署の男性陣から「送っていこうか？」と言われたけれど、私たちはそれを丁重に断り、店の前でみんなと別れた。

まだ夜の九時をちょっと過ぎたばかりなので、半数以上の人は二次会に参加するらしい。

残りは私たちのように帰宅するか、あるいは意気投合した相手とどこかへ行くつもりなのだろう。

みんなと別れた私たちは、彰人さんが待つ駐車場へ向かった。きっと、透兄さんもいるんだろうな～と思いながら。

そして、やっぱりいた。いましたヨ。

透兄さんと彰人さんが、彰人さんの車の前で立ち話をしておりました。

レザージャケット&ジーンズという超カジュアルな格好の彰人さんと、スーツを着た透兄さん。妙に違和感のある組み合わせだ。

でも、この二人が将来、佐伯と三条という二つの家のトップに立つ人間なんだよねぇ。そのうちの一人と自分が婚約している事実が、未だに信じられないけど……

私たちに気付いた彰人さんが、軽く手を上げた。サングラスはもう必要ないので外している。

「どうして透お兄ちゃんが来てるのさ?」

開口一番、真央ちゃんの口から出たのはそんな言葉だった。とたんに透兄さんがしかめっ面になる。

「……俺も来る予定じゃなかったんだけどな」

苦々しい口調で言うと、透兄さんは彰人さんを一瞥した。

「そこにいる奴に引っ張り出された」

「ええ?」

私が驚いて彰人さんを見ると、彼は透兄さんの言葉に苦笑していた。

だけど、その目が楽しげにきらめいているのを私は見逃さなかった。

「いや、まなみを合コンに引きずり込んでくれたことに対しての、意趣返しみたいなものさ」

肩をすくめた彰人さんの言葉で、私は彼が何か策を弄したのだと気付く。

「意趣返し?」

キョトンとする真央ちゃんに、にっこり笑って説明し始める彰人さん。

——つまり、こういうことだった。

自分を番犬代わりにしてくれたことへの仕返しをしようと目論んだ彰人さんは、あらかじめ今回の合コンの会場と日時を、報告と称して透兄さんにメールで送っていたのだ。

それと同時に、自分が見守る対象はあくまで私だけであり、真央ちゃんの方は自由にさせると告げた。

なおかつ、今までの透兄さんと涼の過保護を「やり過ぎだ。自分の従姉妹たちを信用していないのか？」と非難して、自分は全面的に真央ちゃんの味方をすると宣言した。

「彼女はしっかりしているから、変な男を選んだりはしない。たとえ素行の悪いやつが声をかけてきても、彼女なら機転を利かせて切り抜けることができる。だから、自分はもし彼女がいいと思う奴がいたなら、協力を惜しまない」

――などと言って。

で、ここからが更に狡猾なんだけど。

あらかじめそう宣言しておいて、合コン当日となる今日、彰人さんは透兄さんに店からメールしたのだ。三条家から車で飛ばせば、合コン終了に間に合うくらいの時間を見計らって。

『真央さんは今日、まなみのところに泊まることになった。心配はいらない。明日には帰すから』

そんなメールを送った後、携帯をマナーモードにして、透兄さんからの返信や着信は全て無視したのだ。

透兄さんの方は、彰人さんが真央ちゃんの味方をすると言ったことが引っかかっていて、まさかと思いつつも心配になったらしい。私の家に真央ちゃんが泊まるというのは、偽装工作なのではないだろうかと。

そこまで聞いた私は思わず叫んだ。

「深読みしすぎでしょうが！」

彰人さんが電話に出ないので、透兄さんは車でこっちに向かいながら、真央ちゃんと私の携帯にもかけたみたい。だけど、私たちはマナーモードにした上にカバンに仕舞いっぱなしだったから、着信には気付かなかった。

誰とも連絡が取れないことに不安を感じながら、透兄さんは店まで来た。そしてようやく、自分がまんまと騙されたことを知ったらしい。

彰人さん……策士だ。

やっぱり、この人は涼と同じくらい腹黒い。

「彰人さん、すごーい！」

真央ちゃんは面白がり、話が終わった後、彰人さんを手放しで褒め称えた。

私たち従姉妹は、透兄さんと涼の過保護にずっと悩まされてきた。そのうち二人をギャフンと言わせたいと思っていた真央ちゃんにとって、一矢報いてくれた彰人さんは英雄に見えるのだろう。

一人、面白くなさそうなのは透兄さんだ。さっきからずっと機嫌が悪く、ビリビリした空気を纏っている。

はっきり言って恐い……。元はといえば、彰人さんを引っ張り出した自分が悪いのに。

透兄さんはチッと舌打ちすると、頭を切り替えるように前髪をかき上げて、突然宣言した。

「くそ、飲み直すぞ」

「はぁ？」

私は思わず間抜けな返事をした。

「さっきの店では車の運転のことを考えて、全然飲まなかったからな。そっちも同じだろう？　ノンアルコールのものを飲んでいたようだし」

そう言って、彰人さんを見る透兄さん。

話を振られた彰人さんは、苦笑した。

「まぁ、二人を家まで送り届けなきゃいけないからね。さすがにアルコールは摂取できないだろう」

「だから飲み直す。付き合え」

うわお、命令形。相変わらずの俺様発言だよ、透兄さんってば。

彰人さんは特に気を悪くした様子もなく「いいけど」と返事をした後、こう言った。

「でも、その後、車の運転をしなきゃならないのは同じだけど？」

確かにそうだ。どこかで飲み直したとしても、その後に車の運転をすることに変わりはない。

だけど、透兄さんは事も無げに言った。

「三条家に来ればいい。酒も飲み放題だ」

「はぁぁ？」

口をあんぐり開けて、思いっきり疑問符つきの声をあげたのは私だった。

透兄さんは、今度は私に視線を向ける。

「どうせ、まなみたちは明日、祖父さんに会いに来る予定だろう？　ならこのまままっすぐ向かえば手間が省けるじゃないか」

「そりゃ、確かに明日はお祖父ちゃんに会いにいくつもりだったけど……」

「週末だから、舞もちょうど三条家に戻ってきているし」

「いえ、でもね、泊まるなら、その、着替えとか……」

「着替えなら、いつもお前が使っている部屋に、祖父さんが買い込んだ服がいっぱいあるじゃないか」

「……そりゃそうだけど」

少女趣味の入った大量の服を思い出して、私はそっと身震いした。

買ってくれたお祖父ちゃんには申し訳ないけど、私の趣味とは少し……いや、かなり違うのだ。

透兄さんは話は終わったとばかりに、彰人さんに視線を戻す。

「お前も明日はまなみを三条家に送る予定だったんだろう？　部屋はいっぱい余っているから遠慮するな」

「俺の着替えは？」

「サイズは同じだろうから、俺のを貸してやる」

「……了解」

彰人さんは微苦笑し、肩をすくめて了承した。

ええ、いいの⁉

「真央もそれでいいな？」

「まなみちゃんたちが行くなら、それでいいよ」

「なら、話は決まった」

透兄さんは頷くと、胸ポケットから携帯電話を取り出した。

「安心しろ。お前たちだけじゃなくて、真綾と涼も今から呼び出すから」

私を置き去りにして、透兄さんがどんどん一人で決めていく。

私はアワアワしつつ、彰人さんの袖を引いて小声で尋ねた。

「彰人さん、いいの？」

彰人さんは私の頭を撫でながら、朗らかに笑う。

「いいよ。どうせ明日まなみを送るついでに、三条さんに挨拶するつもりだったんだから。それが一日早くなったところでどうってことない。……ただ」

と、急に声をひそめて、私の耳元でつぶやく。

「三条家では、まなみを抱いて眠るわけにはいかないのが残念だ」

低くてフェロモンたっぷりな声に、私の腰のあたりが疼いた。顔が見る見るうちに熱を帯び、赤くなっていくのが自分でも分かる。

「あ、彰人さんってば……」

昨夜だってさんざん好き勝手したのに、今日もスルつもりだったのか！　先週の土曜も、まる一日再起不能だったのに！

今日だってこれ以上されたら……こ、壊れる。壊されるぅ！

私は内心悲鳴をあげた。

もしかしたら、これから三条家に行くのは私（の身体）にとって、とてもいいことなのかもしれない……

透兄さん、ありがとう！

電話を終えた透兄さんは、顔を赤くした私と、その耳に口を寄せている彰人さんを見て、イチャついていると思ったらしい。

ビキッと、透兄さんの顔に青筋が浮かんだ……ように見えた。

彼は険しい顔のまま、低い声で警告する。

「言っておくが、部屋は別々だからな」

「それは残念」

姿勢を元に戻しながら、本気とも冗談ともつかない口調で言う彰人さん。

私は内心ホッとしていた。

別々の部屋、上等！　全然ＯＫです！

――ところが。

透兄さんが少し離れたところにある自分の車を取りに行っている隙に、真央ちゃんがツツとこっちに寄ってきて、彰人さんにこっそり耳打ちした。

「任せて。もし離れた部屋を割り当てられても、ちゃんとまなみちゃんの部屋に手引きしてあげるからね」

ちょっと待てい！　真央ちゃん、それは余計なお世話ってもんですよ！　私の身体が持たないんです！

って、彰人さん、何笑顔で「よろしく頼むね」とか言ってるんですか！　さっき三条家ではまなみを抱いて眠るわけにはいかない、とかなんとか自分で言ってたじゃないですか！　何勝手に協定結んでるの!?

――ちょっとぉぉぉぉぉ！


「ははは、してやられたな、透」

お祖父ちゃんが上機嫌な様子で、不機嫌そうにお酒を飲む透兄さんを見る。

「ふん。悪知恵だけは働くとみえる」

ムスッとしながら、透兄さんは答えた。

急遽呼び出された真綾ちゃんと涼、それにお祖父ちゃんと舞ちゃん、更にちょうど帰ってきた宗佑伯父さん&洋子伯母さんも交えての酒宴が始まった。

「いえいえ、最初にしてやられたのはこちらの方ですから」

彰人さんが苦笑しながら口を挟む。

「ただ、行ってよかったですよ、本当に」

彰人さんが、隣に座る私をちらりと見る。カクテルを飲んでいた私は「ん？」と首を傾げた。

「……これだからね。相変わらずだな、まなみは」

透兄さんの横でグラスを傾けながら、涼が呆れたように吐息を漏らす。

「僕たちの気持ちが多少なりとも分かるでしょう？　佐伯さん」

眉を上げて問いかける涼に、彰人さんがまた苦笑しつつ答えた。

「……確かに。でもね、まなみを心配するのは俺の役目ですよ」

「だから、控えろと？」

今度は透兄さんが眉を上げる。

「ええ、できればそうしてください」

にっこり笑った彰人さんに、他の二人は不満げに鼻を鳴らした。

「まなみは俺たちの従姉妹だ」

「こちらはこちらで、今まで通りにさせてもらいますよ」

……なんだかよく分からないけど、私にとってあまり嬉しくない話題であるのは間違いない。

「もう。過保護もいい加減にしなさいよ、透」

「そうよ、まなみちゃんには彰人さんがいるんだから」

真綾ちゃんと舞ちゃんが、抗議するように言う。けれど、透兄さんたちは意に介さない。

「俺たちは俺たちのやり方でやる」

「ええ。それに、そもそも僕たちは彼のことを認めていませんから」

「もう、またそんなことを言って……」

真綾ちゃんが呆れ顔でため息をついた。

そんなみんなのやり取りを見て、宗佑伯父(おじ)さんと洋子伯母(おば)さんは楽しそうに笑う。

「なんだかここに来て、彰人君と透たちの距離が縮まったみたいだな。昔、お母さんと美代子おばさんがあれほど必死に仲良くさせようとしても無理だったのに」

「ええ、本当に。まなみちゃんと結婚したら親戚になるのだから、仲良くなってもらえてよかったわ」

私はそれを聞いて、心の中で「えー？」と思った。

どう見ても、透兄さんたちと彰人さんが仲良くなったとは思えないんですけど？

もっとも、後日聞いてみたら、昔は透兄さんも彰人さんもお互い子どもだったくせに、慇懃無礼(いんぎんぶれい)な会話しか交わさなかったそうだ。

確かにその頃よりは、透兄さんが地を出して接している分、親しくなっていると言えなくもないけど……

むしろ心の距離は開いているんじゃないかと私は思う。

「泊まるのはいいが、まなみとは別の部屋だぞ」

透兄さんが、彰人さんをじろりと睨(にら)みながら言った。涼がその後に続く。

「まなみの部屋とは離れたところにある客間を貸してあげますからね」

いつの間にか、今夜彰人さんが泊まる部屋の話題になっていたらしい。

「分かっていますよ」

彰人さんは焼酎(しょうちゅう)の水割りを手に、にっこり笑った。

「そういうことは、自分の家でゆっくり時間をかけてやりますから」

透兄さんと涼の顔に、ピキッと青筋が浮かんだ。それをよそに彰人さんは続ける。

「それに、昨夜は十分に満足しましたから、今日はゆっくり休ませてあげたいと思っています」

ひぃ。それって私のことを言っているんだよね？

私は顔を真っ赤に染めた。これは決してお酒のせいじゃない。

ちょ、ちょっと、暗に昨夜は私とベッドを共にしましたって暴露するのはやめて欲しい！

そういう関係だって、みんなにはとうにバレているとはいえ、はっきり口に出されると恥ずかしすぎる。

ああ……。穴があったら入りたいよぅ。

透兄さんと涼が彰人さんを睨みつける。その二人を、彰人さんは涼しげな顔で見返した。

一方、全身を赤く染めて縮こまる私に、真央ちゃんがそっと声をかけてきた。

「大丈夫、大丈夫。私たちに任せて。ちゃんと彰人さんをまなみちゃんの部屋まで送り届けてあげるからね」

「は？」

「透お兄ちゃんたちに負けないで。私たちは、まなみちゃんと彰人さんの味方だから！」

お酒が入ってすっかり陽気になっている真央ちゃんは、空気を読んではくれなかった。

「ち、違うぅぅぅ！」


――そんな私たちを見て、お祖父ちゃんはお猪口を片手に、楽しそうに笑っていた。

＊＊＊

苦行のような宴会が終わったのは、夜半を過ぎた頃だった。お祖父ちゃんは酔い潰れ、伯父さんと伯母さんはほろ酔い状態。私たち従姉妹四人もけっこう酔っていたと思う。

なのに、三人の若い男共は少しも酔っていなかった。

分かっていたけど、ザルか、あんたたちは……。あんなに飲んだのに……ちぇ。

酔っ払って私に夜這いをかける元気もなくなることを祈っていたんだけど、透兄さんたちと一緒に廊下に消えた彰人さんの足取りは確かで、言動もしっかりしていた。

私の方はといえば、昨夜身体を酷使したせいで、疲労困憊だった。少し酔っていることもあって、もうふらふらだ。

ああ、店の駐車場で真央ちゃんと彰人さんが言っていたのが、冗談だったらいいんだけど。というか、ぜひとも冗談であって欲しいんだけど……

真央ちゃんが本気で彰人さんを手引きしたらどうしよう。私が先に眠ってしまえば、彰人さんは諦めるかしら。

従姉妹たちみんなと一緒に、いつも使っている三条家の客室に向かいながら、私はそんなことを考えていた。

豪華な風呂場でシャワーを浴びて、白のレースがついたネグリジェをしぶしぶ着た私は、さっきよりは少しすっきりした気分でベッドルームに戻る。そして、そこにいた人物を見て悲鳴をあげそうになった。

いやぁ！　彰人さんが私の部屋に！

そう、いつの間にか彰人さんが部屋に来て、ベッドに座っていたのだ。

彼はレザージャケットこそ着ていないものの、さっきまでと同じVネックのカットソーとジーンズという格好だった。つまり、着替えもしないですぐにここに来たということだろう。

青ざめるやら赤くなるやらの私に、彰人さんは苦笑した。

「手引きされてきたよ」

やっぱり本気だったか！

「もう、真央ちゃんったら！」

思わず泣き笑いの表情を浮かべた私を、彰人さんは自分の隣に座らせつつ、首を横に振った。

「真央さんだけじゃないんだ」

「――へ？」

彰人さんによると、宴会の最中、真綾ちゃんと舞ちゃんもそれぞれ彰人さんのところに来て、耳打ちしたというのだ
「まなみちゃんの部屋に手引きしてあげるからね」――と。

ちなみに彰人さんの隣の席にいた私がそれを知らないのは、いずれもお祖父ちゃんや伯父さんにお酌するために席を立っていた時だったから、らしい。

そして結局は従姉妹全員が協力し、舞ちゃんと真綾ちゃんが涼と透兄さんの気を逸らしている間に、真央ちゃんがこっそり彰人さんを部屋から連れ出してきたのだという。

ちょ、ちょっと皆さん？　なんで揃いも揃って夜這いを斡旋するんですか？　おかしいでしょう!?

よそのことにかまけてる暇があったら、自分たちの心配をしろと私は言いたい！

彰人さんはおかしそうにクスクスと笑った。

「どうやら君の従姉妹たちは、俺をネタにしてあの二人を出し抜きたいと考えてるらしいよ」

「……なんてこったい」

私は呻きながらベッドに伏した。

いや、気持ちは分かるのよ。私たちだけでは、どうあってもあの二人をギャフンと言わせることはできないけれど、彰人さんが一緒なら対抗できるから。

彰人さんの味方をすることで、長年私たちに干渉してきたあの過保護野郎共を出し抜くことができるって、そう考えるのも分かる。

でもね！　それに巻き込まれる私の身にもなってくれと言いたい。

身体が、身体が持たないよ！

「彰人さん……」

私はベッドに伏したまま泣き言を言った。

「疲れてるんです。眠いんです……」

「分かってるよ」

そんな優しい声がしたと思ったら、頭に温かな手の感触が。そしてゆっくりと頭を撫でられる。

……気持ちいい。

「昨夜、無茶させたからね。今夜は何もしないよ。ただ……君を腕に抱いて眠りたいだけだ。駐車場でも、そう言っただろう？」

「……あの時は別の意図を感じました」

「やれやれ。他の男の言葉は額面通りに受け取るのに、どうして俺の言葉はそのまま信じてくれないのかな、君は」

「……彰人さんという人をよく知っているからです。前に素直に信じて、えらい目にあわされましたし」

この腕に捕まるまで、私は彰人さん――課長の言葉を、ほぼ額面通りに受け取っていた。その言葉に他意があるなんて、思ってもみなかった。

そうして少しずつ囲い込まれて。彰人さんの本性に気付いた時には完全に囚われ、もう抜け出せなくなっていた。

そして今は――

彰人さんは添い寝するように横になると、そっと私を抱き寄せた。その仕草からは性的な意図はまったく窺えず、ただただ優しさだけがそこにあった。

その優しさが嬉しくて、私は身体の向きを変え、彰人さんの腕の中にすっぽり収まる。私をドキドキさせると同時に、安心させてくれる場所に。

私が彰人さんの胸に頬を寄せて安堵の吐息をつくと、彼は再び私の頭を撫で始めた。慰めるように、そして愛しむように。

――今はもう、この腕の中から抜け出そうだなんて思わない。ずっとずっとここにいたい。ずっとずっと傍にいたい。

頭を撫でる優しい手を感じながら、私は目を閉じた。

そして、心地よい眠りに誘われて、意識が沈んでいく中で。

「おやすみ」

という優しい声を聞いたような気がした――

＊＊＊

朝起きたら、全裸でした。

「な、な、なんじゃこりゃー！」

私は絶叫した。

なんだかくすぐったくて目を覚ましたら全裸になっていて、しかも同じく全裸の人が自分に覆いかぶさっていたら、誰だって驚くよね⁉

「色気のない叫び声だね」

クスクスと笑って、私の上に覆いかぶさっている人――彰人さんは、私の唇にチュッとキスを落とす。

はっ！　まさか、眠っている間にもキスされた？

恐る恐る彰人さんを見上げると、その色気のある瞳には、まぎもれない欲望の色が浮かんでいた。

あれ？　股の間がなんだか濡れているような、気が、気が……

私はサーッと青ざめた。どうやら眠っている間に色々されていたらしい。

「いやぁぁぁ！　人が寝ている間に何してんですか、あなたは！」

私はギャーギャー叫び、彰人さんの身体の下から抜け出そうともがく。だけど、悔しいことにまったく歯がたたず、朝から体力を消耗しただけだった。

しかも、もがいたことで、相手の欲望を更に刺激してしまったらしい。太腿（ふともも）に触れている彰人さんのモノが硬く立ち上がって、その存在をアピールしている。

知らないうちに私も彰人さんも準備万端だなんて、ヤバイ。本気でヤバイです！

「ただ抱いて眠るだけだって言ってたのにぃ！」

嘘つき！　嘘つき！

「何もせずに眠ったじゃないか。それに昨夜、ちゃんと『今夜はしない』と言っただろう？　もう朝だから時効だ」

にっこり笑って、またキスを落とす彰人さん。だけど今度は触れるだけのキスではなくて、舌が思いっきり入ってくる濃厚なヤツでした。

「ふ……んっ、んっ……」

私の腔内(こうない)を、彰人さんの舌が犯す。我が物顔で蹂躙(じゅうりん)する。

ようやく解放された時には、私はぜいぜいと息を荒く吐き、残っていた体力も気力もすっかり奪われていた。

くそう。このSめ！

「涙目で睨(にら)んでも、逆効果だと言っただろう？　さ、大人しく俺の下で啼(な)いて？　大丈夫、今は一回だけで許してあげるから」

欲望に満ちた声で囁(ささや)く彰人さん。

私は最後の言葉が妙に引っかかって、眉を顰(ひそ)める。

「『今は一回だけで許してあげる』？　……ってなんですか、その妙に上から目線の言葉は？」

私が怪訝(けげん)に思って尋ねると、彰人さんは私の上でふっと笑った。その笑みはなんだかやたらと黒かった。

ひぃぃ！

悲鳴が喉(のど)に張り付き、今さらながら警戒モードが発令した。頭の中で「危険」の文字が猛烈に点滅している。

「あ、あ、彰人さん？」

黒い笑みを浮かべたまま私を見下ろしてくる彰人さんに、私は恐る恐る呼びかけた。

なんだかすっごく恐いんですけど！　怒ってる？　何に怒ってるの？

思わず涙目になって彰人さんを窺う私に、彼は笑みを更に深めながら言った。

「まなみ。今夜はお仕置きだから、覚悟して？」

「……え？　えええええええ⁉　なんで⁉」

「だって君、昨夜合コンで営業部のヤツに手を握られていたよね？」

「……え？　いや、あれは指輪を見せて欲しいって言われただけで……」

「だけど、アイツは意図的に触っていた」

彰人さんはそう言って私の左手を持ち上げ、薬指の指輪に唇で触れる。

「偶然ならともかく、俺以外の男が意図的に触れるのは許せない」

独占欲に満ちたその低い声に、なぜか私の胸がきゅんとなった。

――って、おかしいぞ、私！

思いっきり俺様発言且つ束縛発言だったよ、今の。なのに、なんでときめくのさ⁉

「だから、他の男に触らせたまなみにはお仕置きだ」

耳元で囁かれた言葉に、背筋がゾクゾクした。

いや、これは悪寒だ、悪寒！　決してときめいたとか、言葉責めに弱いとか、そういうことではないから！

彰人さんの唇が首筋の弱いところに触れるのを感じた私は、とっさに叫んだ。

「お、お仕置きは分割払いにしてください！」

「は？　分割払い？」

私の首筋に吸い付いていた彰人さんは、眉根を寄せて顔を上げた。

……思いっきり怪訝（けげん）そうな顔ですね。

だけど実際問題、朝っぱらから襲われて、また今夜もされたら、体力が持つかどうか……

彰人さんがお仕置きと称して触ってくる場合は、下世話な話だけど、一回じゃ終わらないことが多いし。

「そう、分割払いです。一括じゃ体力が持たないです！　壊れちゃいます！」

「一度は君が壊れるくらい激しくしてみたいけどな」

うわお！　なんか恐いこと言った、この人！

壊れるくらい激しくしてみたいって……金曜日の夜は激しくなかったとでも言うのだろうか？

じゃあ、壊れるくらい激しくって、一体どんだけ……？

ダメ、考えるな私！　考えたら恐くなるから！

「と、とにかく小出しにしてもらわないと、疲労困憊（ひろうこんぱい）しちゃいます！」

私の主張を聞き、しばし考え込んでいた彰人さんは、ふと顔を上げてにやりと笑った。

「分割払いはいいけど、利息はもらうよ」

「え？　り、利息？」

「そう。分割手数料と言ってもいいかな」

「分割手数料……」

「何回かに分けてもらうけど、いい？」

「えええ？　う、うん？」

何がなんだか分からないけれど、彰人さんの畳み掛けるような言葉に私は頷いた。——が。

「商談成立だ」

とにっこり笑う彰人さんに、なんだか嫌な予感がする。

もしかして……私、墓穴掘った？　彰人さんの策略に嵌まった？

「それじゃ、今夜からさっそく支払ってもらおうかな。今日から一週間、毎日俺のところに泊まりに来ること」

黒い笑みを浮かべた彰人さんの言葉に、私は固まった。

そんな私の身体に手を滑らせ、彰人さんは笑う。

「ま、毎日……？」

「そう。毎日少しずつ、分割払いしてくれるんだろう？」

胸の膨らみをやんわり揉まれながら、私は抗議の声をあげる。

「ま、毎日なんて、多すぎじゃないですかぁ！」

まさか毎日ヤるつもりなのか、この人は！

「分割手数料だ」

事も無げに言う彰人さん。

「それって、利息率百パーセントを軽く超えてるでしょうが！　詐欺だ！」

叫んで暴れる私をシーツに再び縫い止め、彰人さんが言った。

「ちなみに、今のこれは昨夜の分。君が疲れて眠いと言うから、俺は我慢したんだぞ？　その責任は取ってもらわないと」

そう言って、彰人さんは私の足の間に自分の足を割り込ませてくる。

「何が責任ですか！　詐欺師め！　ドＳめ！」

私は必死に罵倒するも、彰人さんは全然意に介さない。実に楽しそうに私を拘束し、手と舌と唇を使って快楽の渦に引きずり込もうとする。

不本意な嬌声をあげながら、私は思った。

なんか、色々と早まったかも――と。

＊＊＊

彰人はふっと目を覚まし、見慣れない部屋の様子に、一瞬顔をしかめた。

腕の中に温かなものがあるのを感じ、ふと視線を落とすと、最愛の婚約者が安らかな顔をして眠っていた。

そこで昨夜の記憶が蘇ってくる。

――ああ、ここは三条さんの屋敷か。

ブラインドから漏れてくる朝の光に目を細め、けだるい気分で思い出す。

ここは三条家の屋敷にある、まなみが使っている部屋だ。

昨夜、まなみの従妹である真央に手引きされてこの部屋に来て、まなみを腕に抱いて眠ったのだった。

彰人は視線を再びまなみに向けて、笑みを浮かべた。

横向きで自分の腕の中に収まり、静かな寝息を立てている恋人兼婚約者。袖と襟と裾にレースがついた白いネグリジェを着た姿は、まるで十代の少女のようだった。

清楚で可愛らしい、無垢なイメージの服。おそらく三条会長が買い与えたものだろう。

『お祖父ちゃんは一体、私を何歳だと思っているのかしら？』

少女趣味な服ばかり買うから困るとまなみが零していたことは、記憶に新しい。三条邸で使っている部屋には、その手の服が溢れているのだという。

彰人の顔に思わず笑みが浮かんでしまったのは、おかしかったからではない。むしろその反対だ。

可愛らしい顔立ちと初心な雰囲気を持つまなみに、彼女曰く「少女趣味」な服はよく合っていた。

そう言ったら、本人は拗ねてしまうかもしれないが……

何しろ、まなみは従姉妹の中で自分だけが系統の違う容姿をしていることに、コンプレックスを持っているのだ。

婚約して約半年。まなみ本人からそう聞いたわけではないが、言葉の端々から従姉妹たちに対して複雑な思いを抱いているのが感じられた。

それもそうだろう、と彰人は思う。

従姉妹の中で、まなみだけが普通の家庭で育った。会社を経営しているわけでもなく、名士でもない、ごくごく一般的な両親のもとで育ったのだ。

従姉妹たちとは仲がいいだけに、家庭環境の差を感じることは多かっただろうし、一人だけ育ちも容姿も違うという事実は、彼女を何度傷つけたことだろう。

実際に彰人は昔、まなみが傷ついて泣いているのを目撃したことがある。

『私、庶民だから』

従姉妹たちや彰人と自分を比べて、まなみは口癖のように言う。

そうすることで自分は違うのだと、無意識に線引きしようとしているのだろう。

もっとも、彰人は身分の違いなどまったく気にすることなく彼女を好きになったわけだが。

「う……ん……」

腕の中のまなみが身動ぎする。コロンと寝返りを打って仰向けになった彼女に、彰人は笑みを浮かべた。

だが、今度の笑みはさっきのものとは違い、性的な含みを持つ笑みだった。もしまなみが起きていたら、即警戒モードに入ってしまうだろう。

彰人はクスッと笑いながら、金曜日の夜に自分がつけたキスマークを目でたどる。

首筋、鎖骨、胸元。そういった露出している部分だけでなく、レースに隠れたところにもチラチラと見え隠れする赤いもの。

――情事の跡。彰人の所有の印だ。

白い肌に咲くその赤い華が、彰人の目にはやけに鮮やかに見えた。そのせいだろうか、清楚で無垢なイメージのある白いネグリジェが、一転して淫靡な雰囲気を醸し出している。

白いネグリジェも眠る顔もあどけない少女のようなのに、身体だけは情事の名残りをとどめた大人の女性ものだ。

そのアンバランスさが妙に扇情的で、彰人の欲望を刺激した。

「まなみ」

彰人は欲望のまま、彼女の耳元で呼びかける。

だが、まなみは無反応で、起きる気配がまったくなかった。

「ふむ」

それじゃあと、彰人はまなみの上に覆いかぶさり、うっすらと開いている唇を自分の口で塞いだ。

舌を差し入れ、歯列をなぞり、彼女の舌に絡めて覚醒を促す。

「……ん……」

まなみがかすかな呻き声をあげた。だが、それでも目を覚まさない。

――やれやれ、よほど熟睡しているとみえる。

昨日も昼近くまで寝ていたのにな、と彰人は苦笑した。前の晩に疲労の原因を作った自分を棚に上げて。

このまま自然に目が覚めるまで待ってあげたい気もするが、昨夜もお預けを食らった身としては、ただ待つだけではつまらない。

彰人はにやりと口の端を上げ、そっと囁いた。

「まなみ、早く起きないと悪戯するよ？」

そう言いつつ、手を伸ばしてネグリジェの前ボタンに指を掛ける。それを次々と外していき、最後のボタンを外すと、その繊細な衣装の前身ごろを左右に開いた。

とたんに目に飛び込んできたのは、白い肌に咲いた赤い華。

今まで布で隠されていた胸元や腰、そして太ももの内側にまで、赤い斑点が散っていた。

ネグリジェと同じく白いレースの付いた下着。その下に隠れている箇所にも、おそらく散っているに違いない。

彰人は躊躇することなくその下着に手をかけ、引き下ろした。ついでにネグリジェを脱がせてベッドの下に落とす。

こうして、まなみが着ていたものは全て剥ぎ取られた。彰人の眼下では裸のまなみが、何も知らずに安らかな顔で横たわっている。

彰人は改めて手を伸ばし、下腹部にも広がった所有の印に、そっと指で触れる。

独占欲が満たされていくのを感じて、知らず知らずのうちに顔には笑みが浮かんでいた。

まなみは外から見えるところにキスマークを付けられるのを嫌がる。だが、彰人としては見えるところだろうが見えないところだろうが、自分のものであるという印を付けたくてたまらない。

外から見える場所には、他の男への牽制のために。そして見えない場所へは、まなみに自分が誰のものであるかを忘れさせないために。

——異常なまでの独占欲と執着心だな。

彰人の親友であり部下でもある田中雅史に、この一年よく言われている言葉だ。

自分でも常軌を逸しているのは分かっている。だけど、止まらない。

一年半前、まだまなみをただの部下だと思っていた時の彰人が知ったら、鼻で笑っていたであろう感情だ。

なのに、今はまなみの心も身体も独占したくてたまらない。

——人間、変われば変わるもんだ。

まなみの肌に咲いた赤い華。その一つ一つに触れながら、自嘲を込めて彰人は思う。

自分がこれほどまでの独占欲を抱く原因は分かっている。

――不安、なのだ。

まなみを、無理やり自分の方に振り向かせたと分かっているから。強引に自分のものにしたと分かっているから。

だから不安で、自分のものであるということを、常に確認せずにはいられないのだ。

彰人は手を伸ばして、まなみの前髪をそっとかき上げた。

「すまない、まなみ」

小さくつぶやきながらも、分かっていた。自分は同じ事を何度も繰り返すだろうと。

それに――まなみは呆れるほど天然で無防備だ。

三条透と瀬尾涼の従姉妹(いとこ)たちに対する過保護ぶりは異常だと思うが、まなみに関してだけならあの過保護ぶりにも納得できるし、共感もしている。それどころか、今まで彼女を守ってくれた二人に感謝したいくらいだ。

それほどまなみは危うい。

仕事や日常生活においては普通なのに、異性のことに関しては信じられないくらい疎(うと)くて鈍くて、無防備で無自覚で。少し目を離すと何に巻き込まれるか分からない。

彰人はまなみの頬に手を滑(すべ)らせながら、眉を顰(ひそ)めた。昨夜の不愉快な一コマを思い出したからだ。

まなみは向かいに座った営業部の男に手を握られていた。

彰人はそのことを思い出すと、煮えたぎるような怒りを感じる。一晩経ってもその怒りは燻(くすぶ)り続けていた。

あの時、まなみが目の前の男と何を話していたのか、彰人には分からない。だが、あの男とにこやかに話す彼女の姿を見て、嫉妬を感じていた。できるなら、今すぐこの場からまなみを連れ去りたいと思ったくらいだ。

男がおもむろにまなみの左手を取った時には、怒りで目の前が真っ赤になった。あの時我を忘れていたら、きっとすぐに席を立って、男を後ろから殴っていたことだろう。彰人だって、怒りでカッとすることがあるのだ。

けれど彼の場合、怒りが頂点に達すると、なぜか頭は冷えていく。胸の中では怒りがたぎっているのに、頭は妙に冷静になるのだ。

雅史はそれを「絶対零度の怒り」と呼んで、その時ばかりは彰人と一緒にいたくないと言っている。

まなみが営業部の男に手を取られた時、彰人はまさにその状態になった。そのおかげで状況を冷静に判断することができたのだ。今、自分が出て行って騒動を起こすのは、得策ではないと。

まなみがバッグから携帯電話を取り出した時も、彰人がギリギリになるまで出て行かなかったのは、その判断があったからだ。

その代わり、冷めた頭の中では『あの男の名前と経歴を調べて、これ以上まなみに近づくようであれば潰す』ということと、その具体的な方法についてアレコレ考えていた。

結局、水沢明美と真央の二人が営業部の男をまなみから引き離してくれたので、彰人が出て行く必要もなくなったのだが。

しかし、トイレの前でまなみを捕まえ、手を握られた時やアドレス交換の時の状況を聞いたら、それまでの冷静さもふっ飛んだ。

——指輪を見せて欲しいって……女ならともかく、初対面の男が指輪を見たがるわけあるか！

だが、そういうことが分からないのがまなみという人間なのだ。目の前の男が自分に言い寄っているだなんて夢にも思っていないから、その言葉を素直に受け取ってしまう。

彰人自身、それを利用して彼女を手に入れたわけだが、捕獲した後はまなみの意識改革を試みている。けれど、相手は無意識＆無自覚の人間なのでうまくいかず、半ば諦めている彰人だった。

それに、まなみのそういう部分にも惹かれているので、そのままでいて欲しいという気持ちも心のどこかにあった。

だから、自分が守るしかないと覚悟を決めている。けれど、頭では納得していても感情の方は納得していなくて、時折自分のものであるという証をその身に刻み込みたい衝動に襲われる。

彰人は暗い笑みを浮かべ、全裸に剥かれたことも知らず安らかに眠るまなみの耳元で、こうつぶやいた。

「まなみ。今朝と——今夜はお仕置きだから、覚悟しろよ？」

彰人はベッドの上に膝立ちになり、まなみを見下ろしながら服を脱いだ。

今は十二月だが、空調設備の整った三条家では、薄着になってもそれほど寒さは感じない。

脱いだ服をまなみのネグリジェの上に放り投げ、ジーンズのファスナーを引き下ろしたところで、ふと手を止める。そして、ポケットから避妊具を取り出した。

それをベッドサイドにある机の上に置き、ため息をつく。

――やれやれ、一回分しかないのか。

常に用意周到な彰人だが、こうして三条家に泊まることになるとは思っていなかったため、あいにく持ち合わせが一個しかなかった。

この部屋に予備があるとは思えない。まなみの従兄弟二人は持っているに違いないが、彼らに頼むことなどできるはずもなかった。

それに他人の家で、そんなに何回もヤるわけにはいかない。何より目が覚めたら、あの二人はきっと確認しに来るに違いないから。

幸いまだ起き出すには早いので、この一回を時間をかけて楽しむことはできるだろう。

自分の顔に意地の悪い笑みが浮かんでいることを自覚しつつ、全裸になった彰人は、まなみの上に覆いかぶさった。

なだらかな首筋のラインを口で愛撫する。いつもならビクンと反応するまなみだが、今は眠っているため反応はない。

ただ、深い眠りの中でもくすぐったさは感じられるようで、「んんー」と言いながら小さく身動ぎした。

それでも目覚める気配はない。

ならばと彰人は手を滑(すべ)らせ、まなみの胸の膨(ふく)らみを両手で捕らえた。ふっくらとしていて誘うように揺れる双丘(そうきゅう)を、下から掬(すく)うように持ち上げ、優しく揉みほぐす。

まなみは『もうちょっと胸が大きければなぁ……』と時々嘆(なげ)いているが、彰人からすれば、小さくもなく大きくもなく、自分の手にぴったりなサイズだと思う。

手の中で形を変える柔らかな肉の感触を楽しんでいると、その膨らみの真ん中にある桜色の突起が、ぷくりと立ち上がるのが分かった。

彰人は頭を下げ、その突起を口で捕える。唇や歯で挟んで舌で転がせば、ますます硬くなった。

「……ん……」

先ほどより強い刺激を受けたためか、まなみが眉間(みけん)に皺(しわ)を寄せ、落ち着かない様子で身動ぎした。

無意識下で感じているのか、足をもぞもぞと動かす。

けれど、それだけだった。やはり目覚める気配はなく、やがてすーすーと寝息を立て始める。

――これでも駄目か。

彰人は苦笑した。いつもならこのあたりで目を覚ますのだが、今日はいつにも増して疲れているらしい。

昨日は彰人本人が無茶をさせたし、合コンと三条家の宴会で酒を飲んだせいでもあるに違いない。

本当なら、自然に目が覚めるまで眠らせてあげたいところだが……

あいにくあの二人が待ってくれないだろう。彰人としても、昨夜に続いて今朝まで我慢するつもりはなかった。

胸の膨らみから下腹部へと手を滑らせ、彰人はまなみの足を優しく開かせた。そして、開いた足の間にひっそりと息づく秘唇に向かって屈み込む。

すぐ目の前にある、まなみの秘部。

女の身体は見慣れているつもりだが、いつも見てもまなみのここは綺麗だと思う。

毛が薄いせいか、まるで少女の秘部のようだ。だが、いつも彰人を受け入れているここは、まぎれもなく大人の女のものだった。

ここを見たことのある男は自分だけだと思うと、深い満足感が胸に満ちてくる。それと同時に激しい独占欲を覚えた。

——俺のものだ。俺だけの。これからもずっと……

胸を焦がすその思いとは裏腹に、彰人はまなみの秘唇に、挨拶代わりの軽いキスを落とした。

未だ深い眠りの中にいても、先ほどの愛撫で多少なりとも感じていたらしい。まなみのそこはほんの少し濡れていた。

だが、彰人のモノを受け入れるには全然足りない。

彰人は割れ目を優しく指で開くと、彼だけが見ることのできるその部分に唇を寄せた。

そして唾液をまとわせた舌で優しく舐め上げる。滲み出てきた蜜をすすり、割れ目に舌を差し入れて襞を刺激する。

「……はぁ……ん……」

まなみはやはり無意識下で感じているのか、悩ましげなため息を漏らしつつ、寝返りをうとうとした。

彰人は彼女の足を押さえつけてそれを阻止すると、秘唇のすぐ上にある、立ち上がりかけた蕾を愛撫し始める。

舌で押し潰すように圧迫したり、舐め上げたり、歯で優しく噛んだりしていると、蕾がふっくらと腫れ上がっていく。

秘裂もその刺激を受けてヒクヒクと震えていた。

「う……うん……ふぁ……？」

どうやら、ようやくまなみが眠りからお覚めのようだ。

彰人は顔を上げ、にやりと意地の悪い笑みを浮かべる。

そして身体を起こすと、まなみの顔の横に手をついて、目覚めようとする彼女を見下ろした。

「……ん……」

まなみの目がうっすらと開いていく。だが眩しいようで、薄目のまま何度も瞬きをした。

それでようやく焦点が合ったのだろう。その瞳に彰人の姿を映したまなみは、いきなりふにゃりと笑み崩れた。

「彰人さん」

眠そうな声が、桜色の唇から漏れる。

状況が分からなくとも、無条件に自分に向けてくる安心しきった表情に、彰人の胸が温かくなった。

自分でも馬鹿みたいだと思うが、彼女に名前を呼ばれるだけで嬉しくなる。

何しろ、ベッドを共にするようになってからもしばらくの間、朝一番に彰人の姿を見た彼女は、『……わわわっ、か、か、課長⁉ な、なんで⁉』と、よくパニックになっていたのだから。

だが、今朝は目が覚めてすぐに、役職ではなく彰人の名前を呼んだ。それは、彼女の中で彰人と共に朝を迎えるのが、当たり前になりつつあることの証拠に思えた。

「おはよう。まなみ」

優しく声をかけ、前髪をそっとかき上げてやる。すると、まなみは安心したような、くすぐったいような笑みを浮かべた。

「ん……おはよう、彰人さん」

眠気が抜けきらない声で、囁くように返事をするまなみ。

ところが、片手を上げて彰人の顔に持っていこうとしたところで、その手が彰人の裸の胸に触れた。それによって、まなみはようやく異変に気付いたらしく、その顔から一瞬にして笑みが消える。

目を見開いて「まさか」という表情をすると、恐る恐る自分の身体に視線を下ろし、その顔を驚愕の色に染めた。

「な、な、なんじゃこりゃーーーー！」

まなみの絶叫が部屋中に響いた。

予想の斜め上を行くおかしな悲鳴をあげたまなみに、彰人は一瞬キョトンとし、すぐに笑い出してしまった。

時々こんな風に、想定外のことをしてくれるまなみ。本当に、彼女と一緒にいると飽きない。

「色気のない叫び声だね」

彰人は笑いながらキスを落としつつ、自分の体重でまなみの身体をベッドに押さえつけた。

まなみは裸に剥かれていること以外にも、自分の身体に異変が起きていることに気付いたらしい。

青ざめたかと思うとすぐに顔を真っ赤に染め、彰人の腕の中でもがき始めた。

「いやぁぁぁ！　人が寝ている間に何してんですか、あなたは！」

一生懸命、彰人の身体の下から抜け出そうとするまなみ。手で彰人を押しのけ、懸命に足を閉じて秘所を隠そうとする。

だが、もちろん彰人には彼女を逃がすつもりなどまったくなかった。それどころか嫌がって暴れる様子を見ていると、暗い情念が沸々と湧いてくる。

――まなみをねじ伏せて征服したいという気持ちが。

「ただ抱いて眠るだけだって言ってたのに！　嘘つき！」

いくらもがいても彰人には全然放すつもりがないと分かったのか、まなみは昨夜彼が言った言葉を引き合いに出してなじった。

そんな抵抗もやけに可愛くて、彰人の顔に笑みが浮かぶ。

——だけど、昨日は昨日、今日は今日だろう？

「何もせずに眠ったじゃないか。それに昨夜、ちゃんと『今夜はしない』と言っただろう？　もう朝だから時効だ」

彰人はそう言って、まなみの反抗的な唇を塞ぎにかかった。

まなみの口に自分の舌を差し込み、逃げる舌を追いかける。舌と舌を絡ませ、歯列や舌の付け根を扱き、溢れてきた唾液を流し込む。

「……ふ……んっ、んっ……」

時々まなみの口から漏れる喘ぎ声が艶めかしい。もっと聞きたくなり、角度を変えて何度も口の中を犯した。

やがて彰人が顔を上げた時は、まなみはすっかり力を失っていた。ぐったりとベッドに沈み込んで、荒い息を吐いている。

「むぅ……」

それでも、まなみは抗議するかのように涙目で睨みつけてきた。

けれど、その様子も彰人にゾクゾクとした快感をもたらすだけだった。

相変わらず、自分の姿がどんなに男をそそるか分かっていないらしい。こんな可愛い姿を見たら、男はもっと泣かせてみたいと思うだけなのに。自分の腕の中で思う存分、蹂躙したくなるだけなのに。

彰人は、そっとまなみの頬に触れた。こんな姿を他の誰にも見せたくないと、強く思いながら。

「涙目で睨んでも、逆効果だと言っただろう？　さ、大人しく俺の下で啼いて？　大丈夫、今はこの一回だけで許してあげるから」

本当は、避妊具が一回分しかないだけなのだが。

それを巧みに隠して言った彰人に、まなみは眉を顰めた。

「『今は一回だけで許してあげる』？　……ってなんですか、その妙に上から目線の言葉は？」

どうやら言い方が気に入らなかったらしい。

彰人の顔に暗い笑みが浮かんだ。

まなみとこういう関係になった時に、彰人は彼女を守る——つまり避妊すると約束した。

その時はまだまなみがこちらに完全には向いていないと分かっていたし、彼女の両親の心証を悪くしたくないという計算もあったからだ。

だが、無事に婚約した今も、彰人はその約束を守っている。それは、ひとえにまなみのためだった。結婚式の時に腹が膨らんでいたら、決まりが悪いだろうと思って。

半ば脅しつけるようにして婚約を成立させたので、その約束だけは守ろうと考えていた。

だけど、本当は今すぐにも避妊具を捨てて、まなみを直接感じたい。

体内に欲望を吐き出し、妊娠させて、彼女が自分のものであると、他の誰の目から見ても明らかにしたい。

そうすれば、彼女にチョッカイを出そうなんて男はいなくなるだろうから。昨夜の営業部の男のように、言葉巧みに言い寄ろうとする男も……

彰人がこんな風に思っているのを、まなみは知らないだろう。

本当は一回だけでなく、何度も抱きたい。自分のものだとその身に刻み付けたい。

時間のことや、まなみとの約束がなければ……

「あ、あ、あ、彰人さん？」

彰人の笑みから不穏なものを感じ取ったのか、まなみは顔を引きつらせて、恐る恐る声をかけてくる。

再び涙目になる彼女に、彰人は支配欲と加虐心が刺激された。

自分の腕の中で啼かせたい。激しく抱いて、その身が誰のものであるか知らしめたい。

彰人がにっこり微笑みかけると、彼女はますます顔を引きつらせた。

こんなにも無防備なまなみがいけない。

他の男に無警戒で触れされたまなみが悪い。

だから——

彰人はまなみの耳に口を寄せ、息を吹き込むように囁いた。

「まなみ。今夜はお仕置きだから、覚悟して？」

「……え？　ええええええ!?　なんで!?」

まなみは驚愕して叫ぶ。どうやら昨夜からずっと彰人の中で燻り続けていた怒りに、まったく気付いていなかったようだ。

まなみにとっては、ほんの些細なことだったのだろう。あの男が自分にチョッカイを出してきただなんて、少しも思っていないのだから。

「だって君、昨夜合コンで営業部のヤツに手を握られていたよね？」

「……え？　いや、あれは指輪を見せて欲しいって言われただけで……」

ほら、と彰人は苦笑する。

まなみはまったく分かってない。全然気付いていない。

「だけど、アイツは意図的に触っていた」

その無防備さが、彰人の中のほの暗い気持ちに火をつける。

誰にも触らせない。誰にも渡さない。そのためならなんだってしよう。

まなみが自分が誰のものであるのかまだ分かっていないなら、その心と身体に何度だって刻み込んでやろう——彰人のものである証を。

彰人はまなみの左手を取り、自分が与えた所有の証――指輪に口付けた。

「偶然ならともかく、俺以外の男が意図的に触れるのは許せない」

その声に怒りが混じったせいか、まなみが息を呑んだ。

彰人はまなみの怯えを感じ取ったものの、構わずに覆いかぶさり、再び耳に口を寄せる。

「だから、他の男に触らせたまなみにはお仕置きだ」

まなみがふるふると震えた。ますます怯えさせてしまったかもしれない。

だが、構うもんかと彰人は思う。こんなに無防備で無警戒な彼女がいけないのだから。

唇で耳から首筋へと触れていき、金曜日の夜に付けたばかりの跡にたどり着くと、そこを再び強く吸った。永遠に残ればいいのに、と思いながら。

「お、お仕置きは分割払いにしてください！」

だが、そこでまなみが叫ぶように言った言葉に、彰人は意表をつかれた。

「は？　分割払い？」

また突然何を言い出すのだろう。

とっさに顔を上げてまなみを見下ろすと、彼女は必死な顔で訴えた。

「そう、分割払いです。一括じゃ体力が持たないです！　壊れちゃいます！」

――壊れる。なんてそそる単語を使うのだろう。

彰人はおかしくなった。それが余計に男の欲望を煽るなんて、まなみは少しも思っていないのだ。

それに、これでも彼女を気遣い、彰人がなるべくセーブしながら抱いていることにも気付いていない。

「一度は君が壊れるくらい激しくしてみたいけどな」

その言葉で、まなみはようやく彰人が手加減していることに気付いたようで、ヒクッと顔を引きつらせた。

――外見も初心なままだが、中身もまだまだ初心だな。

だけど、と彰人は思う。

結婚して、まなみが名実共に自分のものになったら、いつか壊れるくらい激しく抱いてやろうと。

一晩中放さず、何度でも、何回でも。彼女が彰人のこと以外何も考えられなくなるくらいに。そして、彼女が自分から彰人を求めてくるくらいに――

思考がいささか危険な方向へ行きそうになった時、まなみが再び訴えてきた。

「と、とにかく小出しにしてもらわないと、疲労困憊しちゃいます！」

彰人はまなみが言った「分割」という言葉を思い出した。つまり、一度にがっつりとヤるのではなく、数回に分けろと言いたいらしい。

確かにお仕置きの名目で抱く時は、まなみを一回で放すことはない。前回のお仕置きの時も、確かソファで一回、その後ベッドに連れ込んで二回、抱いたはずだ。

その前の晩も回数は覚えてないが、明け方近くまでまなみを放さず、朦朧とする彼女を抱き続けた。

結果、お仕置きの翌日の土曜日、まなみは立ち上がることすら困難な様子だった。おそらく分割とか小出しとか言い出したのは、その時のことが頭にあるからなのだろう。

彰人は声を出して笑いたくなった。

小出し？　分割？　――大いに結構だ。

元々、週末の夜に彼女を抱く回数がつい多くなってしまうのは、まなみが平日は彰人の部屋に来るのを嫌がるからだ。次の日の仕事に差し支えるとか言って。

まぁ、時々平日でも我慢できずにまなみの部屋に行ったり、自分の部屋に連れ込んだりすることはあるものの、基本は週末に抱くというパターンは付き合い始めてから変わっていない。

彰人もまだ情事に慣れないまなみの身体を気遣い、その習慣をあえて継続しているのだが、不満がないわけじゃない。

それが今、まなみ自らその習慣を破ってもいいという免罪符を、彰人に差し出そうとしている。

おそらく自分が言ったことの意味をよく分かってないのか、あるいは軽く考えているのだろう。

彰人の部屋に行く回数を週一回程度増やせば、それで済むとでも思っているのかもしれない。

……はっきり言って甘い。

それだけで済むと思っているなら、彼女はまだ彰人のことをよく分かっていないのだろう。

――まなみ、俺はきっちり借りは返すし、貸したものもきっちり回収しなければすまない性質(たち)なんだ。

　彰人はこみ上げる笑いをこらえる。

　――これは、要するに借金だろう？　それを分割するということは、利息をもらうのは当然だよね？

　そしてその利息を決めるのは、貸し手である彰人の方だ。

　彰人は組み敷かれたまま自分の反応を窺っているまなみを見下ろし、今度こそ顔に笑みを浮かべた。

「分割払いはいいけど、利息はもらうよ」

「え？　り、利息？」

　まなみが彰人の言葉にキョトンとする。利息というのが何を指すのか分かっていない様子だ。

　これなら、少し押せば簡単に言質をとれるだろう。

「そう。分割手数料と言ってもいいかな。何回かに分けてもらうけど、いい？」

　押し付けるような彰人の言葉に、まなみが思わずといった様子で頷く。

「う、うん？」

　だが、自分が何を了承したのかまったく分かっていないのは明白だった。

　――一度了承したら取り消せないよ、まなみ？

　彰人は自分の思い通りに事が運んだことに満足して、にっこりと笑いかけた。

「商談成立だ」

とたんに、まなみの表情が不安げなものに変わる。どうやら何か不穏な意図が裏に隠されていることに、ようやく気付いたらしい。

だけど、もう遅い。

「それじゃ、今夜からさっそく支払ってもらおうかな。今日から一週間、毎日俺のところに泊まりに来ること」

「ま、毎日……？」

「毎日彰人の部屋に泊まる」ということが何を意味するのかを悟って、青ざめているまなみ。その胸の膨らみに、彰人は手を滑らせた。

やんわりと揉みながら、先ほどの愛撫で立ち上がったままの先端を、そっと親指で撫でる。

すると、まなみは息を呑み、腰をもぞもぞと動かした。

「ま、毎日なんて、多すぎじゃないですかぁ！　詐欺だ――！」

まなみは手足を動かして、バタバタと暴れる。

「こらこら、暴れるな」

彰人は楽しげに笑い、まなみの手を掴んでベッドに押し付けた。まなみの足にも自分の足を乗せて抵抗を封じる。

こうしてまなみをベッドに縫い付けてから、彰人は自分の下に横たわる生贄のような彼女に言った。

「ちなみに、今のこれは昨夜の分。君が疲れて眠いというから、俺は我慢したんだぞ？　その責任は取ってもらわないと」

そう言いながら、まなみの両足の間に自分の足を割り込ませる。まなみの身体がビクッと震えた。昨夜は自分も疲れていて、まなみが寝た後すぐに寝入ってしまったのだが、その事実は伏せておく。

まなみにはさんざん振り回されているんだ。これくらいの嘘は許されるだろう。

「何が責任ですか！　この詐欺師！　ドS！　鬼畜！」

恋人に対する言葉とは思えないような暴言が、まなみの口から次々と飛び出す。

だが、その通りなので、彰人は反論しない。

「はいはい。毛を逆立てるのはやめて、大人しくしようね」

宥めるように言ってみたものの、どこか楽しげな口調になるのは仕方のないことだった。

その彰人の口調に、まなみは「むぅ」と口を尖らせる。そしてまた暴れ出したので、彰人は彼女をきっちりベッドに縫い付ける。

抵抗らしい抵抗もできないうちに、力で封じ込められたまなみは、ますます口を尖らせた。

それは、彰人が昔飼っていた猫のマナが、腕の中で毛を逆立てた時の様子によく似ていた。彰人の口から思わず笑いが零れる。

拾われたばかりの頃、全然彰人に懐かなかったマナ。警戒心が強くて、少し近寄るだけで逃げていった。

祖母には甘えて擦り寄るのに、自分には近づこうともしなかったマナ。それが癪にさわって、半ば無理やり慣れさせたのだった。

――まったく、拾い主だけあって、よく似ている。

運命の悪戯か必然か、あの子猫を拾って保護したのは、まなみだった。

彰人に対して必要以上に警戒心の強いところも、マナとよく似ている。

だけど、と彰人は思う。そのマナも、最終的には自分に甘えて擦り寄るようになった。抱いても抵抗しなくなり、自分の腕の中で心地よさそうにまどろむまでになったのだ。

いずれ、まなみもそうなるだろう。いや、そうさせる。必ず。

一生逃がさず、この腕の中で囲っておく。

――だから、覚悟しろよ、まなみ？

まなみが可愛らしく尖らせた唇に、触れるだけのキスを落とすと、彰人はクスクス笑いながら愛撫を再開した。

＊　＊　＊

どうして、一体どうしてこうなった？

何度考えても分からない。なんで私は朝から三条邸で、彰人さんとこんなことをしているのだろう？

そう思ったけれど、すぐにその思考は霧散してしまう。

「……んっ、ふぁ……！　や……」

私は秘部を彰人さんに指で弄られながら、胸に与えられる刺激にも感じてしまい、背中を反らした。

長くて形のよい指が私の胸の膨らみを捉え、まるで我が物のように蹂躙する。柔らかな肉に彼の指が食い込み、その指によって卑猥な形に変えられるのを、私は息を切らしながら見つめていた。

「……あっ、はぁ……あ、ふぁ……！」

秘部を出入りしていた指が、私の感じる場所を掠める。思わずビクンと震えた拍子に、彰人さんの目の前で、胸の先端がふるっと揺れた。

「……まなみ」

掠れた声で私の名前を呼びながら、彰人さんは胸の先端に顔を近づけ、突起を口に含んだ。

「あっ……！」

ざらついた舌で、その敏感な部分を舐められる。ぞわぞわと背筋が震え、子宮がキュンと疼いて、膣壁が彰人さんの指を強く締めつけた。

まとわりつく襞を押し広げるように指を動かしながら、彰人さんは胸の突起を歯で扱く。秘部と胸に同時に与えられる刺激に、私は身悶えた。

「あっ、ああっ、や、あ、んぁ、ぁあ……」

声を抑えようとしているのに、どうしても漏れてしまう。それは艶を含んで甘く響き、まるで彰人さんを誘っているかのようだった。

――啼く。

よく彰人さんが使うその言葉を思い出してしまう。

そう、泣くのではない。彰人さんの手にかかると、私はまるで彼に躾けられたペットのように、彼の思うがまま啼かされてしまうのだ。

それがすごく恥ずかしいのに、嫌じゃないのは、私がおかしいのかな？

「まなみ、考え事かい？　こんな時に余裕だね」

「え？　違……っあ、ああっ！」

指でお腹側の感じる場所を撫でられて、私はビクンと腰を跳ね上げ、仰け反った。

「や、ぁっ、ん、あ、あっ、んんっ」

彰人さんはジンジンと疼く私の胸の先端に、歯を立てながら笑う。

「本当に君はどこもかしこも柔らかくて、感じやすいね」

「そ、こで、しゃべ、らない、でぇ！」

しこったそこに歯が当たるたびに、私は背筋を駆け上がる快感に、ビクビクと身体を揺らした。

やがて彰人さんは息も絶え絶えな私から手を離し、私の両足を押し広げると、その間に身体を入れる。

顔を上げた私は自分の足の間にいる彰人さんを見て、息を呑んだ。慌てて目を逸らしたけれど、残念ながら、その残像は目に焼きついてしまっている。

「まなみ」

彰人さんがゴムに包まれたものの先を、私の蜜口にぐっと押し当てながら囁(ささや)いた。

……いつの間に準備したのだろう?

「実は、この一個しか持ってきていないんだ。君は持ってる?」

「ま、まさ、か」

私は蜜口に先端だけ埋まっているものの感触に、喘(あえ)ぎながら答えた。

避妊具なんて今まで一度も買ったことのない私が、持ってるわけないじゃないか!

「じゃあ、今朝は一回で終わりだね」

残念そうにつぶやく彰人さんの言葉の意味を悟って、私は喜んだ。

避妊具が一個しかないんだから、当然一回で終わるはず。だったら誰かが様子を見に来る前に、シャワーを浴びて痕跡を消す時間は十分あるだろう。

けれど、彰人さんは私のその思いを正確に読み取ったらしい。

腰をぐっと前に出し、ぐじゅんと音を立てて蜜口を押し開く。そして先端をじりじりと中に埋め込みながら淫靡な笑みを浮かべた。

「だったらこの一回を、とことん楽しもう。最後まで付き合ってもらうからね、まなみ」

「え？」

その言葉を反芻する前に、一気に奥まで貫かれて、私は背中を反らした。

「ああっ……！」

私の中をみっちりと埋め尽くす、彰人さんの楔。その圧倒的な存在感に、私は一瞬息をすることも忘れた。

今まで何度も交わったから、受け入れる時に痛みはない。キツイとは思っても、彰人さんの形にすっかり慣れた私の身体は、すんなり受け入れた。けれど、この圧迫感にだけは未だに慣れない。

はぁ、と深く息を吐く。すると、彰人さんの質量と熱をまざまざと感じてしまい、私の媚肉が震えた。

「キツイね、相変わらず君の膣内は」

腰をゆっくり動かしながら、彰人さんが苦笑する。

ギリギリまで引き抜かれた楔が、再び深く穿つ。私はその衝撃と繋がった場所から生まれる悦楽に、たまらず声をあげた。

「あっ、あ、あっ！」

部屋に私の嬌声（きょうせい）が響き渡る。幸い三条家の客室はどれも防音になっているものの、扉の前に立って耳を澄まされたらアウトだろう。

それが分かっていながら、私は声を止められなかった。

ぬちゃぬちゃといやらしい水音を立てて、彰人さんの楔（くさび）が私の中を出入りする。そのたびに背筋を駆け上がっていく快感に耐えかね、私は彰人さんの肩に縋（すが）った。

足が自然と持ち上がり、彰人さんの腰に巻きつく。その内股には彰人さんの残した所有の印がいくつも刻まれていた。

「まなみ」

彰人さんの腰が、ぴたっと動きを止める。どうしたんだろうと思って彼の顔を窺（うかが）う私の視界がいきなり回転した。彰人さんが私の腰を掴（つか）んだまま起き上がったからだ。

彼はベッドの上に腰を下ろすと、私を膝（ひざ）の上に乗せた。いわゆる対面座位というやつだ。

「ああっ……！」

私は彰人さんの首に手を回したまま嬌声をあげた。体勢が変わり、自分の重みによって更に深く貫かれてしまったからだ。

「やっ、深い……！」

怖くなった私は、思わず足に力を入れ、ベッドから腰を浮かす。けれど腰を掴む腕がそれを許さなかった。ズンと突き上げられて、私の口から甘い悲鳴があがる。

「ああっ！　や、待って、あき……」

私は彰人さんの膝に跨(またが)ったまま揺さぶられた。

こういう形で抱かれるのは初めてじゃない。どうやら彰人さんはこの体位が気に入っているみたいで、頻繁に私を上に乗せようとする。

私だって、彰人さんの顔を間近で見られるこの体位は嫌いじゃない。けれど、挿入(そうにゅう)が深くなるので感じすぎてしまい、時々怖くなってしまうのだ。

そして彰人さんがこの体位が好きな理由は、私の感じている顔を見られるからというわけではなかった。

彰人さんの片手が腰から離れ、私の背中のくぼみを官能的に撫で上げる。

「あっ、ああっ！」

私はゾクゾクと駆け抜ける快感に甲高(かんだか)い声をあげ、頭を反らしながら、彰人さんの楔(くさび)をきつく締めつけた。

「くっ……」

彰人さんが熱い息を吐き、それが私の頬にかかる。再び背中を指でなぞられた私は、彰人さんの腕の中でビクンビクンと震えた。

「相変わらず感じやすい身体だな……」

クスッと、彰人さんの口から笑みが零(こぼ)れる。

「だ、誰の、せい、だと……」

私は彰人さんの首に縋りつき、息を切らしながら言った。

彰人さんが言うには、私は背中が弱いらしい。自分でも多少くすぐったがりだとは思っていたけど、日常生活にはまったく支障がなかったため、気付かなかった。きっと言われなければ、一生知らないままだっただろう。

でも彰人さんは私とこういう関係になった後、私の身体を丹念に調べ上げ、思いもよらなかった性感帯をどんどん見つけていった。背中もその一つ。

彰人さんが私を向かい合わせに座らせたがるのは、私の背中に容易に触れることができるから。そして、私がそれに感じて声をあげるのを見られるからだ。

深い挿入に背中への刺激が加わって、毎度意識が飛ぶくらい感じさせられてしまうので、私は少し怖くなる。

「ん、あ……あき、ひと、さん……ぁあっ」

首に回した手に、ぎゅっと力を込めて縋りつく。そうしないと意識を保っていられなかった。

その間も彰人さんに突き上げられ、彼の上で身体を揺らしながら、私は目尻に涙を浮かべた。

「まなみ、可愛い。大丈夫だから、感じるままに身を委ねればいい」

私の涙を唇で拭いながら、彰人さんはあやすように囁く。けれど、その腰の動きは止まることなく私を揺さぶり続けた。

止めどなく溢れる蜜が、私と彰人さんの足を伝わり、シーツに染みを作っていく。でも、今の私にはそれを気にする余裕はない。

ぐっぐっと突き上げられて、落とされた反動でまた深く沈んで。ズシンと子宮に響くほどの衝撃が繰り返される。背中をなぞられて、ゾクゾクと全身が震えた。

彰人さんの腰にぴったりと密着した花芯が、自分の重みで押し潰されて、得も言われぬ快感を生み出す。

「あ、はぁ、ん、んっ、あ、ぁああ！」

身体の奥からせり上がって来る愉悦に、身を委ねそうになった瞬間――彰人さんの動きが不意に止まった。

「……ん……あ……？」

不思議に思って、私は顔を上げる。うっすらと涙の膜が張った目に飛び込んできたのは、顔は笑っているのに目は少しも笑っていない彰人さんの姿だった。

「まなみ。本当はね、俺はこんなまどろっこしいことは嫌なんだ。結婚するまでの長い婚約期間も、こうして君と抱き合うのにＴＰＯを気にするのも」

「彰人……さん？」

彰人さんは、汗に濡れた私の前髪をかき上げながら続ける。

「こうして抱き合っていても、君とゴム越しにしか触れ合えないのは嫌だと、いつも思っている。

本当は何にも遮られずに君と愛し合いたいんだ、俺は」

それから彰人さんは、私の耳朶に唇を触れるくらい寄せて囁いた。まるで私をそそのかすかのように。

「……ねぇ、そうするかい？　君がいいと言ってくれたら、俺は今すぐこれを捨てて、また君の中に入る」

私はその言葉に、ぶるっと震えた。

普段の私なら絶対に拒否していただろう。避妊しないということは、つまり妊娠してもおかしくないってことだから。

けれど、この時の私は快感のせいでぼうっとしていたから、いつもの防衛本能がちゃんと機能していなかった。それに、どこか切羽詰まったような彰人さんの表情が気になって、拒否の言葉を口に出せなかったのだ。

それどころか、彰人さんと私の子どもはどういう子になるんだろうかと、ふと思ってしまった。

「彰人、さん、私……」

ぼんやりと頷いてしまいそうになったその瞬間、脳裏をよぎったのは、美代子おばあちゃんに見せてもらった、あのベールだった。

彰人さんのお母さんが遺してくれた、未来の花嫁のためのベール。

私はハッとして、目をパチパチと瞬かせてから、首を横に振った。

ダメ、頷いてはダメだ。だって私はあの花嫁のベールを被ってお嫁に行くんでしょう？

「ダメ、です。彰人さん。私、彰人さんのお母さんのベールに恥じない花嫁になりたいんです……誰かから眉を顰められる花嫁じゃなくて、みんなに心から祝福される花嫁になりたい。だから……」

私は彰人さんの首に回していた片手を、彼の頬に当てた。

「お願い。もう少し、待って欲しいんです。急がないで、急がせないで。もっと時間をください。二人でじっくり歩んでいく時間を……私にください」

「……」

彰人さんは、しばらく何も言わなかった。そして突然、ふっと力を抜いて苦笑を浮かべる。それから、頬に当てたままの私の手を取った。

「……本当に、俺は君には弱い。君の『お願い』はなんでもかなえてあげたくなる」

「彰人さん……」

「すまない。先走った。思いのほか、合コンでのことが気になっているらしい。……自分では、ちゃんと冷静に処理しているつもりだったんだが……」

彰人さんは大きく息を吐くと、私の手の指先にそっとキスをした。

「俺はお祖母さんや君ほど、母のベールに対して深い思い入れはないんだが……他ならぬ君がそうしたいのなら、待つよ。それが約束だからね。その代わり、晴れて結婚できる時がきたら、必ず母のベールを被って俺の花嫁になること。いいね？」

「……はい」

私はホッとして頷いた。

私の返答を聞くと、彰人さんはにやりとして笑い、私の背中にそっと手を滑らせる。それと同時に律動が再開された。

「あっ……ああっ」

突然戻ってきた法悦に、私は喘いで頤を反らす。彰人さんはそんな私の喉元に唇を滑らせながら、囁いた。

「では、この一回、俺が満足するまで付き合ってもらうよ、まなみ」

「……あ……」

ゾクっと背筋に走ったのは、快感だけではなかったと言っておく。

その後、私は彰人さんの言う一回が私にとっての一回ではないことを、身をもって経験した。そして、ぐったりと疲れ果てて二度目の眠りについたのだ。

彰人さんの腕に抱かれてぐっすり眠る私は、気付かなかった。

いつまで経っても朝食の席に現れない私たちを不審に思った透兄さんと涼が、真綾ちゃんと舞ちゃんの制止を振り切って部屋にやってきたことに。そして、いかにも事後といった感じの気だるそうな彰人さんとの間に、大戦争が起こっていたことを。

ドアの外で、三人が皮肉の応酬と舌戦を繰り広げていたその頃。私は心地よい眠りの中で、夢を見ていた。

私があのベールを被って、少しリフォームしたお母さんのウェディングドレスを着て、彰人さんと並んで祭壇に向かっている夢を。

目覚めた時は、なんの夢を見たのか覚えていなかったけれど、幸せな夢だったことだけは覚えていた。


ところが、その夢の余韻(よいん)をぶち壊すような声が部屋の外から聞こえてくる。

「この家でまなみに手を出すとはいい度胸だな、佐伯彰人」

「……出入り禁止にしてもいいんですよ？」

「恋人と一夜を共にすることのどこか悪いのか、お聞きしたいですね。あなた方も同じことをこの家でやっているでしょうに。それに、過保護もほどほどにしないと大事な従姉妹(いとこ)たちに嫌われますよ？」

人の部屋の前で、朝から何をやっているんでしょうか、あの人たちは？

……あああ、もう！

私は大きくため息をついて、三人の言い争いを止めるべく起き上がった。


——その朝に見た夢が正夢になるのは、それから一年後のこと。

恋愛小説「エタニティブックス」の人気作を漫画化!
EC
Eternity COMICS
原作 風 fuu
漫画 佐倉百合絵 Yurie Sakura
ナチュラルキス
Natural Kiss
ドクン
ドクン
トク…
沙帆子さんと
結婚します
女子高生の沙帆子は、モデル並みに
かっこいい化学教師の佐原先生に片思い中。
だけど、親の都合で引越しすることになったため、
この恋もこのまま終わりかと思っていたら……
どうして先生と結婚することになってるの!?
B6判　定価：640円＋税　ISBN 978-4-434-20485-2
私と結婚って先生、それ本当!?

富樫聖夜（とがし せいや）
ファンタジー小説や恋愛小説を web にて発表。
2011 年、「勇者様にいきなり求婚されたのですが」にて「アルファポリス第４回ファンタジー小説大賞」特別賞受賞。
2012 年に同作品で出版デビューに至る。

「風姿花伝」
http://fuuka.mokuren.ne.jp

イラスト：森嶋ペコ

本書は「ムーンライトノベルズ」（http://mnlt.syosetu.com/）に掲載されていた作品を、改稿のうえ書籍化したものです。

4番目の許婚候補 番外編（ばんめのいいなずけこうほ ばんがいへん）

富樫聖夜（とがしせいや）

2015年 5月 31日初版発行

編集ー及川あゆみ・羽藤瞳
編集長ー塙綾子
発行者ー梶本雄介
発行所ー株式会社アルファポリス
〒150-6005東京都渋谷区恵比寿4-20-3 恵比寿ｶﾞｰﾃﾞﾝﾌﾟﾚｲｽﾀﾜｰ5F
TEL 03-6277-1601（営業） 03-6277-1602（編集）
URL http://www.alphapolis.co.jp/
発売元ー株式会社星雲社
〒112-0012東京都文京区大塚3-21-10
TEL 03-3947-1021
装丁イラストー森嶋ペコ
装丁デザインーMiKEtto
（レーベルフォーマットデザインーansyyqdesign）
印刷ー大日本印刷株式会社

価格はカバーに表示されてあります。
落丁乱丁の場合はアルファポリスまでご連絡ください。
送料は小社負担でお取り替えします。

ISBN978-4-434-20653-5 C0093